Fleeg mit mi ...

Geschichten för junge Lüüd

Rutgeven vun Marianne Ehlers

Quickborn-Verlag

Die plattdeutsche Schreibweise richtet sich nach den Regeln des neuen SASS, in einigen Fällen wurden die Schreibweisen der Autorinnen und Autoren daher angepasst.

ISBN 978-3-87651-493-2

Umschlaggestaltung: Günter Pump, Nordhastedt
Gesamtherstellung: CPI books GmbH, Leck
Der Umwelt zuliebe
auf chlorfrei gebleichtem Papier gedruckt
Printed in Germany

Wat hier binnen steiht

4 Vun Deerten

5 Määrken

6 Fleeg mit mi

Wöör vörweg

Lesen macht Spaß – auch auf Platt. In den letzten Jahren sind sehr viele plattdeutsche Bücher erschienen, nur wenige davon sind allerdings als Lektüre für junge Platt-Interessierte geignet.

Dieses Lesebuch mit vielen unterschiedlichen Texten richtet sich genau an diese Zielgruppe und kann somit diese Lücke schließen.

Eine Geschichten-Sammlung mit Themen aus dem Alltag junger Menschen, Nachdenkenswertes, Historisches, Satirisches, Skurriles, Märchenhaftes, Zukunftsmusik ...., ein buntes Kaleidoskop für das plattdeutsche Lesevergnügen erwartet die jungen Leserinnen und Leser.

Die Aufteilung in sechs Themen-Rubriken erleichtert die Auswahl. Ein Vokabelteil am Ende des Buches hilft, unbekannte Wörter zu finden. So eignet sich dieses Lesebuch nicht nur für den privaten Gebrauch, sondern durchaus auch für den Plattdeutsch-Unterricht in weiterführenden Schulen.

Fleeg mit mi – lees mit mi – bunte Luftballons laden ein zum Ausflug in die plattdeutsche Geschichtenwelt.

Marianne Ehlers

1 De annern un wi

Bolko Bullerdiek

Fan-Gesäng

De Tog is vull. Vull vun Werder-Fans. De laat ehr Köpp hangen. En poor singt: *Zieht den Bayern die Lederhosen aus* ... En Kahlkopp in Springersteveln gifft den Toon an. Sien Buuk hangt sportlich över den Liefreem. Sien Hannen fuchtelt mit de Beerdoos in de Luft rüm. Man dor kümmt keen Stimmung op. Un Ledderbüxen sünd al lang nich in Sicht.

In sien Sicht is blots en junge Deern. De hett keen Ledderbüxen an, nich mal en Koppdook op den Kopp. Se drückt sik in de Eck, sitt alleen, hett de Hannen op ehr Knee, ehr Ogen op ehr Hannen, den swarten Kopp wat introcken.

De Baas vun de Springersteveln hett markt, dat se Bang hett. He grient. He drängelt sik na ehr hen, faat ehr mit de Hand an't Kinn. Kickt in ehr swarten Ogen. Annerlüüds Bang is wat Schööns. He plötert Beer över ehr Jack.

- *Gib Wolle einen Kuss!*
De Kahlköpp gröhlt. De Deern krüppt noch wieder in sik tosamen. De annern Fohrgäst kiekt weg.
- *Na, wird's bald?! Wolle wartet!*
De Tog föhrt in'n Bahnhoff. Unvermodens jumpt de Deern hooch, will na de Döör. Doch een vun de Springersteveln is gauer, stellt ehr en Been. De Deern fallt. De Kahlköpp gröhlt. Een brüllt: *Ausländer raus!* De annern gröhlt mit.
De Bahn föhrt wieder. De Baas vun de Kahlköpp treckt de Deern hooch.
- *Naaa!?*, he grient böös. *Das hat Wolle aber gar nicht gern. Da kann er aber sehr ärgerlich werden ...*
Unvermodens singt en Fru, singt mit lude, schöne Stimm: Dona nobis pacem.
De Lüüd dreiht sik na ehr üm. De Baas vun de Kahlköpp drängelt sik to de singen Fru:
- *Wat is'n dat für ein ulkiges Lied?*
De Fru singt wieder. Singt dat lütte Leed egalweg.
- *Wat soll denn der Scheiß?!*
De Fru höört mit dat Singen op. Kickt den Keerl in de Ogen:
- *Das ist kein Scheiß, das ist Latein.*
- *Un wat soll dat? Versteht doch kein Schwein!!*

- *Wer singt denn schon für Schweine?*, seggt de Fru mit klore Stimm un kickt em in de Ogen.
De Keerl kickt verdwars. Schull dat en Beleidigung ween? Unvermodens singt in de anner Eck ok en Fru. De Keerl weet nich, wat he sik to düsse Fru drängeln schall. Denn singt ok en Männerstimm, denn veel Stimmen, singt all »Dona nobis pacem«, singt dat egalweg, opletzt sogor as Kanon blangenanner.
De Kahlköpp kiekt verbaast. Kiekt op ehren Baas. De mutt wat doon. Dorüm is he de Baas.
Opletzt knallt de sien Beerdoos op den Footbodden un brüllt:
- *Ach, dat hältst doch im Kopp nich aus!*
Op den neegsten Bahnhoff stiggt he ut. De Clique achter em ran. Mit Gröhlen verswinnt all in de Footgängerstraat. De Lüüd in de Bahn singt wieder.

Hans Wilkens

De Graue Esel

De Jungs seten op ehren Klatterboom vör den Grauen Esel.
De Graue Esel? – Is en Wahnblock in unse Straat.
Betonklotz – griesgrau – ahn Gesicht – keen Busch, keem Boom rundüm. Nix. Wahnt Utlänner in.

Ole stocher mit en langen Knüppel in Buschutt rum. Manni kau op en Grashalm un Hannes smeet mit en Steen na en Bottervagel, de sik jüst op en Brenneddel daalsetten wull.
Man blots so.
„Ik wörr nich op Gras rumkauen," see Jochen, „mien Mudder seggt, dor kannst Karies oder Mundpilz vun kriegen."
„So'n Quatsch. Wat dien Mudder seggt, is mi schietegal, Mamajung!" see Manni.
‚Mamajung' hett he seggt! Dat seet. Jochen sluuk.
Manni weer de Boss in de Straat. He weer de gröttste, harr Knööv för dree un kunn an'n

gauesten lopen. De gröttste Klapp harr he ok. Wat he see, müssen de annern doon. Lieden kunn em keeneen, aver gegen Manni kunnst nix maken.

„Wat is dat hier blots langwielig!“ stöhn Hannes. „Een Dag as de anner.”
„Echt,” see Ole, „is nix los in uns Kaff. Nich uttoholen!“
„Un ümmer desülvigen Gesichter, oh Mann ...!“
„Un in’n Glotzkassen löppt ok nix Vernünftiges. Sowat vun langwielig. Kannst de Krätz vun kriegen.“
„Ik müch in Amazonien leven. Dor gifft dat Apen un wille Panther,“ see Jochen un hangel vun den Klatterboom daal.
„Dröömbüdel!“ see Hannes. „Wi mööt hier leven, wo nix los is. Gor nix.“
„Un wenn *wi* wat losmaakt?“ fraag Manni un schuul na den Grauen Esel röver.
„Wat woll?“ Ole speeg en Plummensteen op de Straat. He ahn, dat Manni nix Godes in’n Sinn harr.
„Dor baven sünd annerletzt welk introcken“, see Manni un steek sik en niegen Grashalm twüschen de Tähn. „Pollaken oder Türken oder so ...

Lichtschues Volk. Kriggst nich veel vun de to sehn. De Oolsch liggt den ganzen Dag in de Puuch. Schull sik lever üm ehr Göör kümmern, dat den ganzen Dag op de Straat rümlungert."
„Meenst du de Lütte mit de gelen Gummisteveln, de dor güstern ümmer in de Waterpütz rümspringen dee?"
„Villicht söcht de blots een to'n Spelen?"
„Un wokeen schull woll mit so een spelen? Versteiht ja doch nix. De Macker kümmt avends kort na söss mit allerhand Plastiktüten ansleppt. Wi kööont de Trepp mit gröne Seep insmeren. Denn kriegt wi ja mal to sehn, wat de Keerl all so mitgahn lött, wenn he rüchwarts de Trepp daalrullt mit sien Plastiktüten."
„Büst du verrückt!" reep Jochen, „wenn de sik de Knaken brickt!"
„So en Kanaker brickt sik nich glieks de Knaken. De is taag. Un wenn al. Is en Grund mehr aftohauen, dorhen, wo he henhöört." „Aver ..." Jochen sluuk.
„Büst woll bang, Mamajung, wat? Büst ok noch feige? Ik besorg nu de gröne Seep un denn stiggt de Saak! Un du, Mamajung, warrst de Trepp insmeren! Kannst mal wiesen, wat för en Keerl du büst. Mann, dat warrt en Spaaß!"

Un he sprüng vun'n Klatterboom un leep na Huus to.
„Spaaß – för wen?“ reep Jochen achter em ran. Un güng ok los. Güng na Huus un haal wat. Tööv denn achter de Eck un seeg Manni mit de gröne Seep kamen.

„Jochen is afhaut,“ see Hannes un keek an Manni vörbi. „Aftöven,” see Manni, „de kümmt wedder. De hett veel to veel Schiss.“
Un würklich. Kort dorna keem Jochen de Straat hooch. In de Hand heel he wat, dat he in Zeitungspapeer inwickelt harr. „De hett sien egen Seep haalt,“ see Manni, „is doch en ganzen Keerl.“
Jochen stüer liek op den Grauen Esel to. Höör dor gor nich hen, wat Manni em toreep. Vör de Ingangsdöör bleev he stahn, wickel ümständlich en Puzzlespeel ut dat Papeer un verswünn in'n Ingang.
Langsam güng he de Trepp hooch un pingel bi Ötztak. Dat duer en Stoot, bet de Fru de Döör en lütten Spleet wiet optrock. Jochen keek in ehr groten düüstern Ogen un hööl ehr dat Speel hen. „För de Deern,“ see he, „to'n Spelen. Ik bruuk dat nich mehr.“ De Fru nehm dat Speel un drück

Jochen ganz fast de Hand. Denn schoov se de Döör gau wedder dicht.
„Ümmer desülvigen Gesichter," dach Jochen, „vun wegen. Un keen Dag is as de anner."

As he ut de Döör keem, stünn Manni vör em – breetbeenig. „Mamajung", grien he, „du warrst nu torüchgahn un de Trepp insmeren! Aver seh to, dat du dat torechtkriggst, ehr dat de Kanaker na Huus kümmt!" Aver Jochen güng man eenfach so an Manni vörbi. Vörbi ok an den Klatterboom un de annern. Na Huus to. An de Eck keek he sik nochmal üm. Manni stünn noch ümmer dor mit sien gröne Seep. Man op eenmal knall he de op den Schuttbarg un sprüng mit een Satz op den Klatterboom.

Den annern Dag – üm de Middagstiet, stünn Herr Ötztak mit türkschen Koken bi Hansens vör de Döör. „Baklava," see he, „für Jochen. Hat Frau gemacht. Ist Danke für Spiel." Un denn vertell he, dat se vör veerteihn Daag ut de Türkei kamen weren. Un dat he Arbeit funnen harr bi den Stratenbu. Sien Fru kunn noch keen Düütsch snacken un tro sik noch nich recht ünner Lüüd. „Aber wird noch," see he, „bestimmt, bald ...."

Heiko Gauert

En Drüppen Bloot

En Winterdag in dat Johr 2013. He steiht dor un freert nich. Hooch raagt he op. Stolt reckt he den Kopp na den Heven to. De blaue Heven över Washington. De swarten Hoor kort, de rahmt dat brune Gesicht in. Barack Obama, de Präsident vun Amerika. Barack Obama, de Hapen vun de hele Welt. So dücht mi.

Meist schaam ik mi – in den olen grönen Parka, Hannen deep in de Taschen, den bunten warmen Schal üm Kinn un Hals tüdelt. Den hett Emmy för mi stricht. Jümmers, wenn de wullen Slang mit mien Hals Versteken spelen deit, föhl ik wat vun ehr, vun Emmy. Vun ehr Warms, vun ehr Leevde, vun ehr Sorg üm mi. Mi freert. Anners as em dor baven.

Sien Michelle steiht blangen em. Malia un Sasha ok. Sien söten Döchter. Un denn höllt he sien Reed. Vun dat groot Malör mit de Weertschop snackt he, vun den Jieper, de dorto föhrt hett, un wat veel Knööv nödig is, dor wedder ruttokamen.

„Uns Scholen sünd nich goot noog!“, seggt mien Präsident. Wenn Emmy dat noch höört harr! Juucheit harr se. Ik höör ehr blangen mi. Ehr helle Stimm. Se bölkt röver na den Mann dor baven. Man he kann ehr nich hören. Ok mien Naver nich, de vör mi steiht, un mien Fründ Tommy nich, de achter mi steiht. So dicht sünd wi inkielt twüschen all de Minschen. „De Tiet is dor“, röppt Barack Obama, „den betern Deel vun uns Geschicht uttowählen“ – he töövt en lütten Stoot, „dat Verspreken, wat Gott uns geven hett: wat elkeen gliek is, elkeen free un en Chance verdeent, allens an Glück aftokriegen.“
Twee Johr is Emmy nich mehr bi mi. Wo lang hett se op so en Satz töövt? As se vun mi güng – ik heel ehr Hand, as se endlich loskeem vun ehren Jammer, do weer dat letzt, wat se see: „Ik haap, uns Dochter hett dat in uns moje Land nich mehr so leeg as ik.“ Dat full ehr swoor, jüst so as dat Aten. „Pass op ehr op!“, swiester se noch. Mi steiht dat vör Ohr un Oog, as weer dat güstern.
De Luutspreker vibreert. Meist jüst so as de Stimm vun den Mann dor vörn. Un wiel dat so en groot Natschoon weer, bün ik herkamen domals. Foorts na den Krieg. 17 Johr oolt. Mit veel Grappen in den Kopp. Töllers waschen, Dollars

verdenen un Millionär warrn. So harr ik mi dat vörstellt. Tant Anneliese un Unkel Hans-Jürgen trocken mi den Tähn heel fix. „Arbeiden musst du hier“, seen se. „Mehr as annerswo. Un wenn du dat deist, denn kann villicht mal wat ut di warrn.“ Recht harrn se. Arbeit weer mien Leven, as Bumeister bün ik jümmers goot över de Runnen kamen.
Ieskoolt is dat in Washington. Man meist is dat so, as leet de Präsident de Temperatur wat na baven klattern. De Sünn strahlt nich blots vun'n Heven. Se lücht ok in de Harten vun de Minschen. „Wi weet, wat uns Patchwork-Arv en groten Vördeel is, keen Nadeel.“ He sung dat meist mit sien klore Stimm.
„Wi sünd präägt vun elkeen Spraak un Kultur, ut elkeen Eck vun de Welt.“ Stimmt, denk ik. Sogor ut dat plattdüütsche Land sünd de Lüüd herkamen, so as ik, un ut dat wiede Afrika, so as he ... un Emmy. Ehr Huut harr so en moje Kopperfarv. Swart weer se nich. Se harr wat Spaanschs, Sünnfarvts, heel Lebennigs. Hett dat överhaupt een Sekunn duert, bet ik mi in ehr verleeft harr? Dat dreep mi as en Blitz. Se see jümmer, bi ehr harr dat länger duert. Weer wussen in all de Tiet, de wi tohoop weren.

Söss Weken heff ik Dag för Dag üm ehr warvt. Un denn harr ik ehr so wiet. Denn hebbt wi heiraadt. Velen hebbt mi wohrschuut. „Laat dat na!“, hebbt se seggt. „Se is swart. Un denn gellst du ok nix mehr.“ Dat holp ja nix, dat keeneen ehr dat ansehn kunn. Een Drüppen swart Bloot weer noog. So weren de Gesetten domols. Se dorv nich in den Bus mit de Witten föhren, un ik heff dat natürlich ok nich daan. Se dorv in vele Kröög nich rin un nich op de Bänk för de Witten sitten. Jümmers hett se sik en beten lütt maakt. Un ik heff jümmers versöcht, ehr en lieken Rüüch antosnacken.

Man witt harr se ween müss – ahn een Drüppen swart Bloot. Mien Emmy harr keen Chance. Liekers se veel plietscher weer as ik. Wat kunn se goot mit Kinner ümgahn! Schoolmeistersch mit Lief un Seel. För all de Kinner, witt, geel, bruun, swart, root. Wat hett uns Sarah dorvun profiteert! Se harr de hele Welt to Fründ. Bunt, dat weren ehr Mackers, un dat kreeg en heel niege Bedüden.

Vun Frieheit un Övertügen snack nu Barack Obama. Dat weer de Grundlaag vun de amerikaansche Natschoon, un wegen dat kunn „en Mann, den sien Vadder vör weniger as 60

Johren in en Kroog nich mal bedeent worrn weer, nu hier stahn.“ Emmy strakelt mi liesen över de Hoor, glücklich is se nu, se strahlt, se smuustert, gluckst mit ehr helle Stimm as en Küken, ik spöör ehren Aten in mien Nack. Heel zoort un warm. Ik dreih mi üm … Tommy luert mi an, wunnerwarkt en beten över mien fuchtige Ogen, grient denn un kloppt mi sachten op de Schuller.

Sophia Walden

Kostas

Sommer 2015. Kostas is heel in Opregen. He starrt op den Feernseher un süht Minschen in Slangen. Se wüllt Geld afheven vun de Bankautomaten. In Grekenland steiht allens kopp. Dat is de Heimat vun siene Öllern un Grootöllern. Kostas hett en Knütten in'n Hals. He kann dat nich verstahn, wat dor aflöppt.
Kostas is sössteihn Johr oolt. Dat is fief Johr her, do weer he dat letzte Mal bi Oma un Opa in Ferien. Oh, dat weer so schöön op den olen Zegenhoff in de greekschen Bargen in'n Noorden vun Athen. Goot, dat geev jeden Morgen Zegenmelk to'n Fröhstück, dor harr he sik eerst an wennen müss. Man he wull nich seggen, wat em dat nich so goot smecken dee – sien Grootöllern weren so leef ween un harrn sik so dull um em kümmert. Sien Öllern müssen arbeiden, tohuus in Berlin. Un so weer he söss Weken lang in Grekenland bleven. Opas Zegen müssen jeden Dag melkt warrn. Eerst harr he

nich so recht bi wullt, man Opa harr em dat wiest, woans he richtig griepen müss. Un bald harr he dat henkregen. Oma harr Kees maakt, weken, witten Kees – man ok grote Klüten, de in'n Keller op en Regal opstapelt weren un ümmer en beten harder worrn. Een Dag föhr he denn mit Opa na'n Markt un holp em bi't Keesverköpen.
Nu wiest se de Euro-Schiens op den Bildscherm. Un en Moderater mit en Mikro steiht vör dat Parlament in Athen un vertellt vun de groten Schullen vun dat Land. Un wat nu bald de Pleitegeier över Grekenland flegen warrt. Nu müss gau wat passeren, meen he – anners güng dat bargdaal mit allens. Bald wörrn de Lüüd nich mehr noog op den Disch hebben.
De Pleitegeier ... Kostas kunn sik besinnen, dat he op Opas Land mal en Geier sehn harr. De harr sik över en dodes Lamm hermaakt. Opa harr em verkloort, wat de Natur sik to hölpen wüss. Dat Lamm weer krank ween – un nu kunnen doch de Geier sik wat halen un satt warrn vun dat Fleesch. Kostas harr sik en beten ekelt, man he harr verstahn, wat sien Opa meen. Un naher weer he mit sien Grootöllern in den Olivengoorn achter dat Huus gahn un harr bi't Plöcken

holpen. Oliven kenn he ut Berlin, na kloor – man dor in de Bargen harrn de ganz anners smeckt. Buten vör de Döör stünn en groten graven Holtdisch mit en Bank ut Boomstämm. Bi Sünnenschien harr Oma dor dat Avendeten henstellt: Broot, Zegenkees un Oliven, mitünner noch Tomaten un Kapern. De beiden Olen drunken Wien, he kreeg Druvensaft.

Bald gifft dat grote Problemen in Grekenland – de Regeren mutt wat ünnernehmen. Un de Europäer ok. So kommenteert en düütschen Politiker in't Feernsehn. Kostas överleggt. Wokeen sünd de Europäer? Höört he sülven ok dorto? Dat grote Europa, wat tosamenholen mutt – weer dat nich so? In'n Ünnerricht is dor doch annerletzt över snackt worrn. Man wat kann he denn ünnernehmen? He, Kostas, den sien Öllern in Grekenland boren sünd un vör lange Johren al na Düütschland kamen sünd.

As se buten seten, haal Oma ehre olen Fotos un wies em, woans sien Papa utsehn harr, as he so oolt weer as Kostas. He harr ok so geern Druvensaft drunken, vertell Oma. Un he kunn Zegen melken, meist so goot as Kostas nu, meen Opa. Kostas harr sik düchtig freut, wat Opa so tofreden mit em weer. Laat avends weer dat al

ween, in de Feern harr he de Zegen meckern hööirt. En swarte Vagel keem anflagen un pick de Brootkrömels weg. De Olivenkeerns harr he ok glieks mit opfreten. Dat harr Kostas lustig funnen un Opa fraagt, wat de Vagel nu Buukweh kreeg.
„Wi Düütschen hebbt Buukweh, wenn wi uns de Situatschoon in Grekenland bekieken doot", seggt nu jüst en Politiker buten vör dat Rieksdagsgebüüd in Berlin. Un denn swenkt de Kamera op en poor Geldschiens to – dat sünd keen Euroschiens. Dor is en Uul op afbillt. Kostas fallt in, wat he so en Schien annerletzt al mal in Mamas Schrievdisch sehn hett. Un ok en poor Geldstücken. „Dat sünd Drachmen, mien Jung", hett Mama em verkloort, „uns ool Grekengeld."
Wedder süht he de Slangen bi en annern Geldautomaten. Hüüt Avend mutt he sien Öllern mal fragen na all dat un na den Pleitegeier.

2 Tohuus

Karen Nehlsen

Wekenenn bi Papa

„Kummst du endlich? Wi mööt los," höört Tim sien Mudder ropen.
„Bün glieks sowiet" antert Tim. He stoppt sien Waschtasch merrnmang T-Shirts, Strümp un Comics un klappt den Rullkuffer to. Hett he wat vergeten? Bi Papa weet he nienich, wat he an't Wekenenn bruukt.
„Wo bliffst du denn?" kummt de twete Oproop argerlich vun sien Mudder. „De Tog töövt nich op di!" Gau bugseert he den Kuffer de Trepp daal. Ünnen in de Köök langt he na den Schoolrucksack, nimmt sien Plietschfon un rennt na buten. Sien Mudder sitt al in't Auto. Ehr Wimpern sünd tuscht un se rüükt na Zitroon un Fleder. Tim mutt pruuschen. Dat Parfüm hett se vun ehren niegen Fründ Thomas schenkt kregen un mit em is se wiss glieks verafreedt.
An den Bahnhoff drückt se Tim noch en Söten op

un denn klattert he mit sien Bagaasch in den Tog. He finnt en Finsterplatz un haalt sien Telefon ut den Rucksack. En niege Naricht för em: „Hallo Tim, morgen fier ik mien Geboortsdag. Ik heff all vun de Schach-AG inlaadt un ok Lina. Kummst du? Freu mi! Anton." Tim süüfzt! Anton is vör twee Weken twölf worrn. Bet nu kunn he nich fiern, wiel se op den Buernhoff vun sien Öllern so veel to doon harrn mit de niegen Lämmer. Tim müch opleefst wedder utstiegen. Schull he Anton schrieven: „Geiht nich, is Papa-Wekenenn?" Sien besten Fründ wöör dat verstahn, aver Tim wull eenfach dorbi sien un denn harr Anton ok noch Lina inlaadt! Worüm weren se nich en ganz normale Familie! He sett sik frustreert de Kopphörers op.

As de Tog na en gode Stünn ankummt, kann Tim sien Vadder vun wieden op den Bahnstieg sehn. As en groten Lüchttoorn steiht he dor in sien Hemd mit rode un witte Striepen. Tim löppt em in de Mööt. „Na, allens kloor?" strahlt he un nimmt Tim den Rullkuffer af. Tim nickt un versöcht fründlich to kieken. As se ünnerwegens sünd, vertellt Tims Vadder: „Angi is hüüt mit ehr Fründin in't Kino gahn un Anna is op Klassenfohrt. Dat heet, wi köönt Mannslüüd-Avend maken!"

„Wow“, seggt Tim liesen un kiekt bedrippst. „Is wat?“ „Ach nix, ik bün blots en beten mööd.“ „Aver nu is Wekenenn!“ freut sik sien Vadder. „Wüllt wi uns för hüüt Avend Pizza bestellen?“ Klock acht sitt se kommodig in de Wahnstuuv. De Pizza is lecker. Man bi Tim will de nich rutschen. „Na, wat smeckt di nich?“ fraagt sien Vadder un kiekt em mit grote Ogen an. Tim druckst en beten rum, man denn packt he ut. As he fardig is, seggt sien Vadder: „Ik heff en Idee! Schriev Anton, dat du morgen dorbi büst! Un denn kumm mit.“

Tim is baff. Typisch Papa! Neeschierig löppt he sien Vadder achteran. De sitt al in sien Arbeitsstuuv an den Klappreekner un hett en Siet in’t Nett opropen. As Tim neven em sitt, wiest he em: „Kiek mal, hier kann een en digitale Snitzeljagd maken,“ un verkloort Tim, woans dat geiht. Tim is Füer un Flamm. „Wi köönt ja een för Antons Geboortstag torechtmaken, wat meenst du?“ „Jo!“, freut Tim sik. Wat goot, dat sien Vadder sik mit so wat utkennt! En Fraag na de anner fallt ehr tosamen in un ok feine Biller finnt se. Dat is al laat, as se endlich fardig sünd un Tim in’t Bett liggt. „Mien Familie is en beten anners,“ denkt he, „man dat maakt nix!“ Tim slöppt in un freut sik op morgen.

Carsten Dammann

Personen in't Gleisbett

As se ünnen ankümmt, weet Hjördis foorts, dat wat nich stimmt. Worüm egentlich? Is dat, dat de Lüüd dor staht un noch blöder vör sik hen stiert as sünst al? Is dat, dat dat so still is, wo een sünst doch ut de Feern alltiet en Rötern hören kann, wat neger kümmt oder weniger warrt?
Wat ok ümmer – en Kröcheln in den Luutspreker gifft ehr Recht:
„Sehr geehrte Fahrgäste. Im Bereich des Hauptbahnhofes befinden sich Personen im Gleisbett. Der S-Bahnverkehr ist auf allen Linien, die über Hauptbahnhof gehen, unterbrochen."
Personen im Gleisbett! Hjördis stellt sik Rettungssanitäter vör; en Seelsorger, de en schockeerten Lokföhrer tosnackt; Polizei, de afsparrt un Gaffer mött; un se fraagt sik, wo dull en Minsch ünner sien Leven lieden mutt, dat he dat nich mehr hebben will.
Oder weer dat en Terroranslag? Hjördis stellt sik Minschen vör, de schreet un dörch Rook un

Schören biestert; Füerwehr, grote Insatzautos, de mit hulen Sirenen anjachtern kaamt. Dat allens blots veer Statschonen vun hier!
Dat is Freedag Nameddag. Mama is mit Hjördis ehren lütten Broder un Carsten na Angeln föhrt. Carsten hett en Ferienhuus bi Sterup. „Dat is dor as Bullerbü“, weer Mama an't Swögen, as se dat eerste Maal dor ween weer. „All de lütten Dörper! Un de Landschop is dor gor nich so platt, as een menen schull!“ Fröher funn Mama dat ok in Cuxhaven fein. Hjördis besinnt sik, dat se dor alltosamen in't Wellenbad weren. Mama, Papa, Nils un se. Man nu steiht Mama op Angeln. Un op Carsten. Un Papa is uttrocken. He wahnt an't anner Enn vun de Stadt, un he töövt dor an en S-Bahnstatschoon, dat sien Dochter ut den Tog stiggt. Man de Tog kümmt nich. *Personen im Gleisbett*!
Freedag Nameddag. Villicht torkelt ok blots en poor överdöstige Footballfans sprüttenduun över de Gleisen; gröölt, dat se de geilste Mannschop hebbt un leggt ut Versehn en Tweemillionen-Stadt lahm.
Slaapt de dor? Mit wat deekt een sik denn to in't Gleisbett?
Weer Nils nu dorbi, wörr he sien Süster vun

ünnen ankieken un sien Kinnerfragen stellen. Man Nils is nich dorbi. He föhrt na Angeln, un Hjördis is groot un kann alleen na Papa föhren un bi em över't Weekenn blieven.
Ehr Handy pingelt. Papa. „Ik heff al höört, wat los is", seggt he. „Gah man wedder na Huus. Ik haal di dor mit dat Auto af. Nützt jo nix. Hool de Dumens, dat ik goot dörchkaam, un denn maakt wi wat Schööns."
De annern Lüüd staht ümmer noch op'n Bahnstieg, as harrn se Wötteln slaan. Hjördis dörv wedder rut ut dat düüster Lock, hooch na Licht, Luft un Stratenlarm. Achter ehr kröchelt noch de Luutspreker wat vun „Polizeieinsatz", man nu kümmt Papa ja mit sien Auto. „Kann aver en beten duern!", hett he seggt.
Schaad üm de Tiet, denkt Hjördis. In de Tiet, in de se sik op den Bahnstieg de Been in den Buuk stahn hett un nu tohuus dösigen Mist in't Feernsehn kickt un op Papa luert, harrn se al mit de Familie half hen na Cuxhaven ween kunnt. So as fröher. Wellenbad un achteran Pommes.
Hjördis will hapen, dat nüms wat passeert is op'n Bahnhoff.
De Personen in't Gleisbett köönt jo nix dorför, dat allens jüst so blööd is.

Sabine Bohlmann

Mien lustige Familie

Ik heet Adele un ik bün teihn Johr oolt. Ik heff en heel lustige Familie, vun de ik ju geern vertellen much. Söven Kinner sünd wi. Söven Stück.
Uns Huus is lütt. Man dat langt, dat een dor glücklich binnen ween kann, seggt Mama ümmer. Papa hett dat Dack so utbuut, dat dor nu söven lierlütte Stuven sünd. De Stuven sünd so lütt, dat jeedeen vun uns blots en Bett un en Kommood hett. Papa seggt, dat Wichtigst is en Döör, de een achter sik tomaken kann. Un dat köönt wi.
Wi wahnt in de schöönste Wahngegend, de een sik blots vörstellen kann
Mien beste Fründin heet Martha. Se wahnt ok in den Hummelredder, direkt in dat Huus blangen uns. Dat is heel praktisch. Männichmal gah ik na de School mit Martha na Huus un dörv bi ehr eten. Martha hett en Broder. Un wenn wi dree denn mal beten quiekt, denn seggt ehr Mudder gliek: „Nich so luut!"
Dorbi is dat nich luut. Anners as in uns Familie,

wo dat mehrstens richtig luut togeiht. Elkeen för sik is gor nich luut, man gor nich luut mal söven, dat is eenfach sövenmal so luut. Un dat heet heel luut.
En richtigen Luutstärkenpegel sünd wi, seggt Fru Knebelding ut de Nummer twölf. Man wenn dat Fru Knebelding sövenmal geev, denn weer se sülvst ok gau en Luutstärkenpegel. Man wi sünd blied, dat dat Fru Knebelding blots eenmal gifft. Dat is al mehr as noog, seggt mien lütten Broder Oskar.
Fru Knebelding schrifft uns mitünner Breven. Ik harr geern en Breeffründin. Ik krieg geern Breven. Man de Breven vun Fru Knebelding sünd echt nich schöön. Un nett ok nich. Se schrifft, dat wi all heel un deel dörchknallte Kinner sünd un dat uns Öllern uns antiautoritär groottreckt.
Ik heff mi dat Woort antiautoritär op mien Hand schreven. Ik wull mi dat marken, man dor heff ik dree Daag för bruukt. Antiautoritär heet, dat uns Öllern uns gor keen Benehmen bibringt un wi allens maken dörvt, wat wi wüllt, un wenn wi wat anstellt, denn finnt se dat ok noch toll. Man dat is en Löög. Uns Öllern sünd de besten Öllern, de een sik vörstellen kann!
Fru Knebelding weer ok de, de mal blangen uns

Auto stunn, as wi all en Utfloog maken wullen. Se hett tellt. Se hett uns aftellt, so richtig mit en Finger tohööcht, de vun den een na den annern wies. Denn see se to mien Öllern: „Ik hööp, dor kümmt nich noch wat to, dat sünd nu al toveel!“
Mien Mama keek mien Papa an un denn fröög se heel fründlich: „Un wat meent Se, wat för en Kind is to veel?“ Do keek Fru Knebelding uns verfeert an un wi grienen all fründlich un weren neeschierig, wokeen vun uns ehr to veel düch.
Man ik glööv, dat weer ehr denn pienlich, un natürlich harr se nüms vun uns nöömt. Dat weer jo ok gemeen ween. Ik worr nie nich vun een seggen, dat he to veel is op düsse Welt. Nich mal vun de böse Fru Knebelding.
„Arme ole Fru!“, see Marlene, as wi opletzt in't Auto seten. „De is doch nich arm, de is blots blööd!“, see Henry dorgegen. „Mag ween, se is afgünstig!“, överlegg ik luut. „Worüm schull se afgünstig ween? Se hasst doch Kinner!“, se Malin.
„Naja“, see ik, „wiel se eensam is un ok geern so en lustige Sellschop üm sik harr.“

Reimer Bull

Friederike un ik

As ik to'n eerstenmal mit en Deern na Huus keem un to Mudder see: „Wi gaht op mien Stuuv!", do harr se meist en Slag kregen, dat weer ehr to driest un to riskant. So stünn se denn all dörtig Sekunnen in de Döör un fröög: „Wüllt jem Kaffe? Wüllt jem Koken? Wüllt jem Tee?" Amenn möök se korten Prozess: „So, nu kaamt man daal! Hier baven is dat to koolt!" Rumms, seten wi bi ehr op't Sofa in de Wahnstuuv. Warm weer dat, man wat schullen wi dor? Denn lever op de Straat, in de Küll un ut de Sicht.

Ik bün in de Masch groot worrn, dat is nich jüst de passlich Gegend för de Leev. Wenn een bi uns op den Balkon stünn, denn kunn he bet an'n Diek sehn. Wo wullt du di dor verkrupen? Keen Holt, keen Knick, keen nix, blots Kohlköpp. So 'n Ding, wenn dat groot warrt, denn warrt dat föfftig Zentimeter hooch, dor kruup du mal achter! Ne, wenn een würklich ut de Sicht wull, denn müss

he in de Grööv. Dat weer aver ok keen Vergnögen, de sünd in de Masch jümmer natt, ok in'n Sommer.
De Tiet harr ik en Fründ, dat weer Hannes, de weer de Söhn vun unsen Paster. Un sien Fründin, de hett Lotte heten. Mien Deern weer Friederike, in de harr ik mi op un daal verkeken. Meddags, wenn wi ut de School kemen, denn hebbt Hannes un ik uns dat jümmer afmaakt:
„Geihst du vunnameddag mit Lotte? Woneem fangt jem an?"
„Bi'n Löwenhoff", see he.
„Denn gaht wi bi de Suerkohlfabrik los."
De leeg an't anner Enn vun de Stadt, wiet weg vun'n Löwenhoff. So müss nich een den annern achterna lopen un em jümmer in't Viseer hebben.
Mal aver, dat weer in'n Winter, in de lege Tiet, wenn dat freren warrt, oder de Nevel, de Natten un de Storm de Lüüd in't Huus drifft – do full mi op, wi harrn Hannes un Lotte al dree Daag nich mehr to sehn kregen.
„Wat is los?" fröög ik Friederike. „Loopt de nich mehr?"
„Doch", see se, „soveel as ik weet, wullen de sik vunnameddag drepen."

„Wenn wi ehr nich mehr to sehn kriegt, woneem sünd se denn?“
„Dat weet ik ok nich.“
Ik ja hen na Hannes. „Wat is los, Hannes“, fröög ik, „wi seht jem nich mehr? Hebbt jem sik vertöörnt?“
„Ne“, drucks he, „is allens in de Reeg.“
„Aver jem loopt nich mehr.”
„Dat is wohr“, see he.
„Is wat verkehrt?”
„Allens allerbest.”
„Woneem sünd jem denn?“
„Wi hebbt en Lösung funnen.“
„Wat för en Lösung?“
„Gegen dat asige Wedder.“
„Dörvt jem rin? Na ’t Huus rin?“
„Dat nich. Wi sitt annerwegens.“
„Hannes“, see ik, „wo büst du? Amenn hölpt mi dat ok!“
„Ne, dat kann ik di nich seggen.“
„Hannes, ik beed di! Wi sünd nu al so lang Frünnen!“
„Du musst mi aver dat Ehrenwoort geven!“
„Allens, wat du wullt“, rööp ik, „ segg mi blots, wo büst du mit Lotte?“
„In’n Karktoorn“, see he un grien.

„Hannes“, see ik un keek em baff an, „uns Karktoorn is 64 Meter hooch! Geev mi 32 af!“
Aver dat wull he nich. Ne, see he, wenn he mi en poor Meter afleet, den seet övermorgen de halve Klass dor binnen. Un de Kark höör ja ok egentlich em un sien Familie to, sien Vadder weer ja de Paster. Un solang he, Hannes, den Slötel vun'n Haken nehm, bleev dat sotoseggen in de Familie. So sünd mien Friederike un ik an den doren Nameddag in all de Küll rund um de Stadt lopen un hebbt jümmer na den Karktoorn keken. Dor seet he nu binnen mit sien Deern. Wenn se dat dor baven ok nich jüst warm harrn, so weer dat doch dröög, windstill un ut de Sicht.

3 Snaaksche Geschichten

Heidrun Clausen

Höhnermist

Brodersby schull in’t Kino kamen.
De Börgermeester reep all Inwahners op, ehr Hüüs un Goorns fein ruttoputzen.
Dat maken se ok.
Vör de Hüüs weihen bunte Fahns mit en Esel dorop, dat Wapendeert vun Brodersby.
De Köh kregen en rode Sleuf op den Steert, all Hunnen un Katten harrn gele un gröne Rüüschen um den Hals.
För de Begröten harr de Börgermeester sülvst sien besten swarten Antog mit de Mottenlöcker antrocken. De Löcker kleev he mit gröne Steerns af, so seeg man de nich mehr. En rode Fleeg, groot as en Propeller, quetsch sien Duppelkinn meist in.
En quietschegröne Zylinder prang op sien dicken Kopp. Un nu harr he en Idee!
He wull de Filmlüüd mit en Steppdanz över-

raschen, de Steppschoh ut sien jungen Johren passen noch wunnerbor.
De Filmlüüd kemen mit grote Opbott anreist, mit Kökenwaag, Kledaaschwaag, Lichtwaag, Requisitenwaag un Wahnwagens, allens wat se bruken, harrn se mit.
Fein rutputzt begrött de Börgermeester jüm mit sien Steppdanz un all Dörpslüüd sungen dorto dat Leed vun den Herrn Pastor un sien Koh.
De Filmlüüd weren beindruckt, so wat harrn se noch nich sehn.
Se quarteren sik in den Dörpskroog in un maken foorts vun all Ecken un Kanten Opnahmen.
De Regisseur mit sien Megaphon renn hen un her, keek nich, wo he henpedden dee, un mit eenmal full he rüchwarts in den Dörpsdiek merrnmang dat Aantengröön. As he wedder opduuk, harr he en Huuv ut Aantengröön op sien Kopp. He schreeg um Hölp, fuchtel wild mit de Arms, bet de Füerwehr keem un em ruttrock. Gau greep he na sien Hoor, aver dat swumm merrn op den Diek mang all dat Aantengröön. He dreih sik nich mehr um, verswunn foorts in sien Wahnwaag un wies sik nich mehr. De Filmdreih güng ahn em wieder.
De Dörpslüüd weren schierweg nestwild, all

wullen in’t Kino kamen, blots Unkel Willy nich, he harr de Roh weg, kehr sik an nix.
He schoov mit sien Schuuvkoor vull Höhnermist seelenruhig um de Huuseck vun sien lütte Kaat na sien Goorn hen.
„Stehenbleiben,“ bölk dor de Kameramann achter em ran.
Unkel Willy bleev stahn, schoov sien Mütz in de Nack un keek den Minschen an, as wenn he nich ganz klook weer; denn trock he sien Mütz wedder torecht un güng wieder na sien Goorn, den Filmkeerl leet he eenfach stahn. Een Wuch duer de ganze Spijöök, denn harrn de Brodersbyer ehr Dörp wedder för sik. Na en halve Johr kregen se all en Inladen to de Opföhren na Sleswig in’t Kino.
Dor seten se nu in dat beste Schapptüüch in de Kinosesseln mit Popkoorn op den Schoot un Cola siets bi.
Se töven op dat, wat dor kamen schull.
Unkel Willy weer nich mit, he bleev lever tohuus.
Na veel Reklamebiller keem endlich de Titel vun den Film in’t Bild: „Mord in Angeln“!
De Film leep un leep.
De ganze Kraam interesseer de Brodersbyer keen beten, se wullen sik un ehr Dörp sehn, sünst nix.

Aver Brodersby keem nich in Sicht. De Gesichter worrn ümmer länger.
Mit eenmal keem dat Dörpsschild „ Brodersby“ op de Lienwand un Unkel Willy mit sien Schuuvkoor vull Höhnermist.
Dat weer allens, wat vun Brodersby in’t Kino keem.
Dorför harrn se nu en Wuch lang so en Stahoi maakt.

Unkel Willy weer dat schietegal, dat he as Eenziger vun Brodersby mit sien Höhnermist in de Kinos keem. He freu sik to sien Blomengoorn.

Brigitte Fokuhl

Kloni – en Alpdroom

Siet de Tiet, wo wi dat Huus mit den groten Goorn hebbt, is Toni bi uns. Toni is uns Goorner, tweeundörtig Johr oolt un en goden Keerl. He höllt allens in den Goorn prima in Schuss, is fründlich gegen elkeen, un wi möögt em soo geern, dat he bi uns mit an'n Disch sitten deit, wenn wi bi't Eten sünd. Baven ünner dat Dack hett he en Stuuv, wo he slöppt.

Toni is so en netten Keerl, den kannst du tweemal verdregen, hebbt wi uns dacht un in dat grote Koophuus in de Stadt dat Sett mit „Klonen, leicht gemacht für jedermann" köfft. Siet de Tiet is „Kloni" bi uns. He süht meist so ut as Toni, is aver blots en halven Meter groot. Un snacken kann he ok nich, blots grienen oder mit de Fuust drohen. Man lopen kann he fix, un plietsch is he ok. Liekers, jichtenswat mööt wi nich richtig maakt hebben bi dat Klonen. Kloni is tostännig för de velen Blomen in de Veranda. An den Disch sitt he nich mit, he bruukt nix to eten. He drinkt dat Water ut de Blomenvasen, wenn de Blomen fulig worrn sünd un wegsmeten warrt. Denn stinkt dat Water ja, man dat mag Kloni un drinkt allens ut. Wenn mal keen fulig Water dor is, helpt he sik mit en Emmer vull Water ut de Köök, un dor kümmt Dünger rin. Dat bringt em ok op de Been. Slapen deit he nich in en Bett. He krüppt in de grote Boddenvaas in de Veranda rin. Un wenn dat mal nix för em to doon gifft, denn drinkt he nix, schrumpelt tosamen un warrt dröög as en Tütensupp. Wenn dat nödig deit, denn weckt wi em un geet em Water mit Dünger op den Kopp. Na fief Minuten is he wedder en halven Meter groot, klattert ut siene Vaas rut, grient oder droht mit de Fuust, jüst as em dat in den Sinn kümmt.

So hett bet nu allens siene Ordnung bi uns hatt. Man denn is wat Leges passeert. Toni is krank worrn, to Bett krapen, un na fief Daag is he dootbleven. Dat is för uns en groten Slag ween. Wi hebbt em in't Krematorium bröcht, he is verbrennt worrn, un wi hebbt em en schöne Graffsteed mit en smucken Steen köfft un vele Blomen anplant. Üm Kloni hebbt wi uns to de Tiet nich so kümmern kunnt. Wi hebbt em rein vergeten hatt.

Vör een Week is en Steen op dat Glasdack vun de Veranda fullen, un naher hett dat dörchregent, jüst in de Vaas rin, wo Kloni verdröögt in seten hett. Na fief Minuten is he ut de Veranda in unse Stuuv kamen un hett sik an'n Disch sett. He hett wat to eten hebben wullt, wat wi ok eet. Seggt hett he dat nich, man siene Tähn fletscht un mit de Fuust droht.
Kloni fritt in de Twüschentiet as en Schünendöscher un wasst elkeen Dag teihn Zentimeter. Wi weet gor nich, woans dat noch warrn schall. Op't leefst wörrn wi em üm de Eck bringen. Man he is uns all över. An'n besten is dat, wi gaht noch mal in't Koophuus un fraagt na, wat dat nich en Sett gifft „Klone vernichten und umweltverträglich entsorgen“. Sowat mütt ja egenlich to kriegen sien.

Marianne Ehlers

Groot – mit duppelt O

Moin!

Ik heet Klaus – ne, egentlich Klaus Florian. Mien Öllern hebbt seggt, wenn ik lever blots Florian heten will, denn schall ik dat seggen. Man mi gefallt mien Naam. Mal hebbt en poor Frünnen in mien Klass „Klausi“ to mi seggt. Dat hett mi nich gefullen, dat hett sik anhöört, as weer ik noch ganz lütt. Un dorbi bün ik al teemlich groot, veel grötter as mien Fründ Paul.
Wenn wi tosamen Basketball speelt, denn krieg ik den Ball meist ümmer rin in'n Korf. Basketballspelen is mien Hobby, dorbi heff ik richtig veel Spaaß. Tohuus an uns Garaasch hebbt mien Broder Johann un ik en ganz feinen Korf to'n Öven. Wenn wi den Ball an de Wand smieten doot, ballert dat mitünner richtig luut. Denn schimpt de Navers, un wi mööt eerstmal en Paus maken.
Annerletzt hebbt wi richtig Arger kregen. Uns

Mudder harr en Püttjerkurs mitmaakt, in de Volkshoochschool. Un mit wat keem se an den letzten Avend na Huus? Mit en nieges Schild för uns Huusdöör – in türkis mit gollen Bookstaven! Dor stünn uns Naam op: Familie Groot. Johann un ik hebbt dat en beten kitschig funnen. Man uns Vadder nich. De hett dat glieks anboot un en Foto dorvun maakt. Dat hett he naher in uns Familiengrupp bi „WhatsApp" rinstellt. Dat steiht dor nu ümmer noch. Dat Originalschild is twei, leider. Hett Johann mit den Basketball drapen, meen ik. Johann meent, ik weer dat. Egal, uns Öllern hebbt düchtig mit uns schimpt. Un uns Mudder is ümmer noch trurig. De Püttjerkurs is to Enn, nu mutt se töven bet to'n Harvst, wenn wedder en frischen Kurs anfangt. Schiet ok, dat deit Johann un mi nu doch leed, ok wenn wi dat Schild nich so geern lieden muchen. Wi hebbt ehr fraagt: „Du Mudder, köönt wi nich Bookstaven ut den Bomarkt kopen un de denn an de Döör kleven? Denn steiht dor: G R O O T". Vun uns Taschengeld, kloor doch. Dat will se partout nich! „Dat mag ik nich lieden", seggt se. Nu is keen Schild an uns Huusdöör – man dat maakt nix. De Postbüdel kennt uns. Un uns Schoolfrünnen weet dat

natürlich ok: Hier in de Straat wahnt Klaus un Johann Groot.
As ik in de föffte Klass kamen bün, do hett mien Klassenlehrer mien Naam verkehrt schreven. In sien List stünn: Klaus Groth – also Groth blots mit een „o" un mit en „h" an't Enn. Ik heff em glieks Bescheed seggt. Kloor weet ik, worüm dat so kamen is. Ik weet ja, dat hett mal en plattdüütschen Dichter geven, de hett sik so schreven. Hebbt mien Öllern mi vertellt. Se hebbt ok en Book vun düssen Dichter in't Bökerregal, dat heet „Quickborn".
Also, düsse Klaus Groth, de weer nu al mehr as tweehunnert Johr oolt. Man he is al ganz lang doot, dat is ja kloor. Mien Mudder hett mi vertellt, dat düsse Klaus af un an mal en beten trurig weer. Ik nich, wat en Glück! Ik bün meisttiets vergnöögt un ok mal en beten to frech, so seggt mien Vadder.
Annerletzt müss ik na uns Navers hen un mi entschülligen. De Basketball weer mal wedder över den Tuun in de Rosen rinrullt. Denn heff ik ganz luut „Schietrosen" ropen – un dat hett uns Naversch leider höört. Oh man! Mien Vadder seggt, wenn dat so wiedergeiht, denn boot he den Basketballkorf af. Ik glööv, ik mell mi mal in'n

Sportvereen an un ööv dor mit den Ball – is villicht beter för all. Johann kümmt ok mit. Un denn wüllt wi ganz bekannt warrn. Wi freut uns al, wenn de Lüüd denn seggt: „Kiek mal, dor kaamt de staatschen Bröder Groot!“ Passt doch allerbest! En Hooch op Klaus un Johann Groot!

A. Sonne

Sneewittchen un de söven Öllern

De böse Steefmudder is an't Snückern. Ehr is jüst de Appel daalfullen un nu kullert he direktemang ünner dat grote Schapp. Dor hangt de Kostüme binnen, man hüüt hangt se dor nich binnen. Hüüt hebbt de Gören de Kostümen all an.
„Noch teihn Minuten!", röppt Herr Henning. Un „Was machst du denn da?", röppt he ok na de böse Steefmudder, denn de liggt nu platt op de Eer un angelt mit 'n Klederbögel ünner't Schapp na den Appel. „Ik heff em glieks", kümmt dat vun ünnen.
Man Herr Henning höört dat al gor nich mehr. He mutt bi de söven Dwargen Striet slichten. De een kann sien Mütz nich finnen un will partout nich verstahn, woso he nich de vun sien Dwargenkumpel opsetten kann. Un wieldess dat achter de Bühn noch teemlich wuselig togeiht, ströömt de Tokiekers bilütten in de Aula vun de Grotenhagener School.
„Laat mi ok mal, bidde!", swiestert Lea Niklas to.

Niklas steiht achter den roden Samtvörhang un kickt vörsichtig dörch den lüerlütten Ritz in't Publikum. „Glieks", swiestert Niklas trüch, „blots noch gau sehn, wat mien Vadder sien Fründin ok mitkamen is. Mien Vadder heff ik al hoosten höört. ‚Öchel-öchel', de hoost jümmers so tweemal." Niklas mutt grienen, sien Vadder kann he överall ruthören an sien Hoosten.
„Menno, Niklas, ik will ok kieken, wi fangt doch glieks an." Lea tickt em mit de Tacken vun ehr gollen Plastikkroon an de Schuller: „Laat – mi – mal!"
„Ne, Vadder sien Fründin is nich to sehn." Niklas süüfzt un pedd en Stück to Siet.
Lea ehr Nesenspitz hett sik al dörch den Vörhang steken. „Dor sitt mien Vadder sien niege Fru", freut sik Lea.
„Is dat de, de di den Hula-Hopp Reifen schenkt hett?", swiestert Niklas.
„Ja." Lea maakt en beten Platz för ehren Fründ un tuschelt em to: „Wenn du di en beten grötter maken deist, köönt wi beide kieken."
Niklas stellt sik op de Töhnspitzen un stütt sik op Lea ehr Schuller af.
„Pass op, dat du mien Kleed nich knüdelst!"
„Ja, pass ik. Kiek, Lea, dor kümmt dien Vadder. Is

dat ok een vun dien Familie, blangen den he sik hensett?“
„Ja, kann een so seggen“, antert Lea. „Dat is de Ex-Mann vun mien Vadder sien niege Fru. De is total nett, de hett mi annerletzt en feine CD brennt. Du, Niklas, de kennt sik total goot ut in de Charts.“
„Un de Fru, de dor nu tokümmt, is dat de niege Fründin vun dien Mudder?“, swiestert Niklas.
„Ne, de dor kümmt, dat is de niege Fru vun mien Vadder sien niege Fru ehren Ex-Mann.“
„De niege Fru vun dien Vadder sien niege Fru ...“
„Ehren Ex-Mann, ja, segg ik doch“, verkloort Lea. „De hett mi bi dat Kostüm holpen. De is ok total nett.“
„Oh Mann“, stöhnt Niklas, „wat ’n Barg ...“
„Un dor sitt mien Mudder!“, fallt em Lea in’t Woort. „Kiek, Niklas!“
„Ja, seh ik“, antert he. „Un wokeen is de Fru, de ehr dor wat in’t Ohr tuschelt?“
„Dat is mien Mudder ehr niege Fründin. De wahnt doch nu bi uns. Nu heff ik endlich een, de mi en beten bi Mathe helpen kann. De kann dat veel beter verkloren as mien eersten Öllern.“
„Dien eersten Öllern?“, wunnert sik Niklas.
„Ja, mien eersten Öllern sünd Mama un Papa, man

de annern, de höört dor doch nu ok to, op de een oder anner Oort. Un de kümmert sik ja ok all üm mi, un wi maakt wat tohoop un se sünd ok all extra na uns Opföhren kamen“, verkloort Lea stolt.
„Wo veel Öllern sünd dat denn? Höört de Fru, de dor blangen dien Mudder ehr Fründin sitt, ok noch dorto?“ Niklas wunnert sik bilütten över gor nix mehr.
„Wokeen meenst du? Ach, de Fru mit dat schöne blaue Kleed dor? Ja, dat is de Ex-Fründin vun Mudder ehr niege Fründin.“
„Du, de winkt dien Vadder to“, seggt Niklas, „kennt se den ok?“
„Ja, kloor“, antert Lea. „De Ex-Fründin vun Mudder ehr niege Fründin arbeidt doch mit Vadder tohoop in’t Geschäft. De kann ganz prima Gitarr spelen. Se will mi dat ok bibringen, hett se mi verspraken.“
„Oh, Mann, Lea“, stöhnt Niklas, „ik kann nich mehr so stahn, mien Töhn doot al ganz weh. Kaamt dor denn noch mehr Öllern vun di?“
„Ne, nu sünd se all dor“, grient Lea un lett den Vörhang fallen. „All söven“.
„Sneewittchen un de söven Öllern“, grient Niklas trüch un knufft ehr in de Siet. „Du hest dat echt goot.“

4 Vun Deerten

Hans-Heinrich Kolbeck

Tiger, Lööv un Mistkäver

Se weren al lang gode Frünnen: en groten, starken Lööv, de mit sien vulle Mähn würklich as so 'n König utseeg, un en wunnerschönen Tiger, na den sik all de jungen Tiger-Deerns ümkeken.
Keeneen wüss worüm, aver dor weer een vun de Mistkävers, de bi den Lööv anstellt weren, den pass dat nich mit de Fründschop vun de beiden.
„Dat schickt sik nich", mag he dacht hebben. Oder he weer sülven geern de beste Fründ vun een vun de beiden ween. Eenmal morgens kroop he den Lööv in't rechte Ohr. „Hest du dat al höört?", swiester he em to, „De Tiger vertellt överall, dat he veel stärker is as du!"
De Lööv schüddel den Mistkäver ut sien Ohr un schimp: „Wat du woll weetst!
Hool dien Klöter un hau af!" Aver he kunn doch nich recht vergeten, wat de Mistkäver seggt harr, un de ganze Dag weer em verdorven.

Den annern Dag kroop de Mistkäver den Tiger in’t Ohr un swiester em to: „Weetst du, wat de Lööv överall vertellt? He snackt minnachtig vun di un seggt, du smeerst di Pomaad in’t Fell, un weer he hunnert mal schöner as du!“

„Du büst ja nich klook! – Wat du woll weetst!“, knurr de Tiger, schüddel den Mistkäver ut sien Ohr un schimp em noch „Ole Mistkäver!“ achterna.

Aver vergeten kunn he ok nich recht, wat de Mistkäver em dor toswiestert harr. Un recht slapen kunn he ok nich de neegste Nacht.

Un as he den annern Dag wedder bi den Lööv ankeem, keek he em doch so ’n beten lurig vun de Siet an. Un ok de Lööv harr sik nich so as sünst. He plier den Tiger an un dee, as wull he seggen: „Na, mien leve Fründ, du warrst doch woll nich ...“

Un denn worr dat weniger mit dat Tosamenkamen. Un denn fungen se an to knurren, wenn se sik segen. Un eens Daags störten se as de Willen openanner los un beten un hauen sik, as wenn se sik wunner wat vörtosmieten harrn.

As se opletzt mööd un afmaracht vunenanner afleten un ehr Wunnen licken, fraag de Lööv sienen olen Tiger-Fründ: „Is di egentlich kloor, worüm un woso wi uns haut hebbt?“

„Na ja, de Mistkäver“, meen de Tiger. „De Mistkäver? – Kloor, de Mistkäver!“, lach de Lööv, „wat en Glück, dat wi dorop to snacken kaamt … – Schüllt wi em dat Fell versahlen?“

„Verdeent harr he dat“, anter de Tiger, „un Straaf mutt ja egentlich sien!“

„Ach wat, vergeet dat man!“, lach de Lööv. „Wi beiden sünd en Enn slauer worrn, – un Mistkäver blifft Mistkäver!“

Heinke Hannig

Achmed

Achmed is de eerste, de waken warrt. Kort vör veer is dat, en frische Morgen, blaue Himmel, still. He schickt sien Ogen op de Reis dörch de Wiede – nix as Sand, bet an den Horizont. Sand – mal to lütte Dünen opweiht un in Wellen henkrüselt, mal glatt. Mit so en wieden Horizont föhlt he sik free, ok wenn he weet, dat he dat nich is. Keeneen is free. Aver dat Geföhl gifft een noog Knööv för düssen Dag. Twintig Kilometers hebbt se vör sik vundaag, to Foots, un de mehrsten mööt se bet Klock ölven achter sik hebben, later kann een sik vör Hitten nich rippen un nich rögen.
Na Siba wüllt se, to dat Oasenfest, all Johr warrt dat fiert. Mit all de Basaren, Boden un Scheetstännen, de Schaap, de för dat Middag-eten in't Füer vör sik hensmurgelt, dat Singen un dat Lachen un dat Danzen – eenmal in't Johr in so en Fest mitswemmen, dat gefallt em. Un denn wedder dorhen, wo dat still is un de Horizont

wiet. Wo Tiet is to'n Lufthalen. Achmed kummt mit wenig ut un kann dat lang mit sik sülven utholen. Un denn haapt he, dat he in Siba Besir dröppt. Besir is de Beduin, de den ganzen Dag mit sien Bessen de Wannerdünen plattfeegt. Mit en Bessen gegen de Wööst, dat is en Philosophie, de Achmed gefallt.

Un denn kaamt sien Ogen torüch vun den Horizont – de Wecker pingelt. En Wecker is wichtig in de Wööst, tominnst wenn een dor frömd is. De haalt di torüch, wenn du di jüst oplösen wullt in de Wiede. Un mit dat Pingeln puult sik Surya ut ehren Slaapsack un laadt foorts ehr lütt Kristallpyramid mit Energie op. Egentlich heet Surya Regina, dat hett Achmed intwüschen spitzkregen. Eerst siet dat se op den Esoteriktripp is, nöömt se sik Surya.

Allens, wat to veel is, hett Allah ut de Wööst wegnahmen, dormit de Minschen sik op dat besinnt, wat se würklich bruukt. Jüst dat will Surya rutfinnen, dorüm is se hier. Un natürlich spekuleert se, dat se verlücht warrt.

„Ne, wat strengt de Fru sik blots an!", denkt Achmed.

Ok Otto is waken worrn vun den Wecker, flüggt as en Arf ut de Pistool ut sien Slaapsack un maakt fix en beten Gymnastik. En beten mehr Tiet för't Opstahn bruukt Inge, se is lütt un dick un meistens jaulig. Ehr Mann is Dokter un hett en Barg Geld. Und denn is dor noch Selim, Achmeds beste Fründ, de düsse lütte Trupp seker dörch de Wööst föhrt.

Een Stünn later breekt se op dörch düt Land ut Wind un Sand, Achmed un Selim vörut, Surya toletzt. Se höllt sik vun de annern torüch, wiel de ehren esoterischen Raat nich annehmen wüllt. Un dorbi weet se dat nipp un nau – Inge wöör dat veel beter gahn, wenn se morgens mediteren wöör un blots noch positiv denken dee.

Otto vertellt Inge, wo he al överall ween is – Nepal, Kanada, Norwegen, Mongolei. Sienen Rucksack driggt he in de linke Hand, dormit ok sien Rüch düchtig bruun warrt. Un twüschendörch, solang dat noch nich so hitt is, joggt he welke Runnen um de lütte Karawaan rum.

„In de Kalahari bün ik ok al ween, un de Wööst Gobi kenn ik ok!“, jappt he, as he wedder bi Inge ankummt.

„Schöön dösig“, denkt Achmed över Otto.

Un Inge vertellt Otto, wat se allens vörhett, wenn se wedder tohuus is, niege Gardinen neihen, ehr Cousinen inladen un mal wedder en beten basteln. Un denn kickt se op ehr Klock un vertellt, dat ehr Cousinen nu wull noch slaapt un naher to'n Wekenmarkt gaht. Un in twee Weken, denn kann se dat ok wedder.

„Ik will hapen, mien Mann kriggt jeedeen Dag wat Örnliches to Middag“, jankt se. „Wenn ik nich dor bün, vergitt he glattweg dat Eten.“

Achmed dünkt, ehr Stimm höört sik an, as wenn een kort vör't Versupen is un vörher noch ganz gau en Barg loswarrn mutt. He kickt Selim an, un beid seggt se nix. Se schüttkoppt blots. Dat mutt Achmed sik nu al den veerten Dag anhören. He finnt, dat langt.

„De warrt sik noch nett umkieken“, höögt he sik un schüddelt sik, dat sien ganze Packelaasch in den Sand flüggt. Un denn leggt he sik daal op de Kneen, eerst op de Vörderbeen, denn op de Achterbeen. Jüst blangenbi liggt de Knakens vun en Reiher un vun en Pelikaan. Selim glückt dat nich, em wedder in de Gang to kriegen, un se sünd noch nich mal halv hen. Achmed plinkert Selim to.

„Mien Neeslöcker klapp ik dicht, wenn en Sandstorm kümmt“, grient he, „Kamelen köönt dat. Du nich.“

Gisela Küter

De Punker un sien Rott

Dat weer een vun de Daag, wo al morgens allens scheef geiht. Dat Goornfinster weer in de Nacht opbleven, un nu seet merrn op den Disch in de Veranda nich blots uns Katt Minka, ne, ok noch en dicken fetten Kater, den ik noch keen Mal sehn harr. Mien Fröhstückskaffe weer to dünn, de Eier to hart, un mien Brill kunn ik ok nich finnen. Un an so en Dag, do föhr ik denn op‘t leefst en beten na Hamborg hen. Mien Auto heff ik in Wandsbek afstellt un bün mit de U-Bahn in de City föhrt.

Man in den Tog seeg an düssen Dag allens anners ut as sünst. De een Hälft vun dat Afdeel weer proppenvull, in de anner seet ganz alleen en jungen Mann, en Punker mit en Hahnenkamm, de in all Farven schiller, un de dree Spitzen recken sik so piel tohööcht, as weren se ut Holt. „Nanu, worüm will bi den denn keeneen sitten?“ dach ik verwunnert un leet mi em gegenöver op en Sitt fallen.

Twee Ogen glupen mi neeschierig an. Ik gluup torüch, un do seeg ik den Grund: De Grund seet op sien Schuller, dor seet en Rott! Se hööl sik heel orrig mit ehren Steert an den Punker sien Ohr fast, un op dat samten Fell leeg meist en Afglanz vun dat Hahnenkammfarvenspeel.

Mit de Lüüd, de en Deert bi sik hebbt – egal, wat dat en Hund is oder, so as hier, en Rott – dor kümmt een ja jümmers licht in't Snacken. Un wiel mi sien Frisur ja veel mehr intresseer as sien Anhang, keek ik faszineert na baven un kunn nich umhen to fragen: „Wo hebbt Se dat denn maken laten?" „Heff ik sülvst maakt, un Se ehr?" frööг he. „Mien Frisur?" see ik. „Ne, Ehr Tähnen!" see he. Do klapp mi de Mund wedder to, un ik mark, dat he ja woll de hele Tiet apen stahn harr. Un wo wi nu doch eenmal mitenanner in Kommunikatschoon kamen weren, do güng uns Ünnerholen ok noch wieder.

„Ja, sünd Se denn gor nich bang vör de Rott?" frööг he un sett se op mienen Schoot, wo se heel verschüchtert sitten bleev. „Worüm schull ik woll?" see ik, „ik wahn op't Land, wo allens noch natürlich is, un düt lütt Deert, dat weer dor al lang freten worrn, so unnatürlich, as dat opwussen is. Jeedeen Kreatur hett doch ehren Platz un ehr Opgaav in't Leven kregen. Gott hett, as he de Welt maakt hett, wiss noch nich wüsst, dat dat later mal grote Städer mit Gestank un U-Bahn geven wörr – un nich jeedeen in de frische Luft un op't Land opwassen kann. Worüm schull ik denn woll vör so en arme tamme Rott, de wiss ok veel lever buten in de Natur weer, bang ween?"

De Punker, den ik dat ansehn kunn, dat he över sowat noch nienich nadacht harr, nickköpp dorto, sien bunte Hoorspitzen nicken Tostimmen. He nehm denn sachten un suutje sienen Anhang vun mienen Schoot hendaal un sett de lütte Rott binnen in sien Jack rin, un bet na den Bahnhoff hen hebbt wi uns noch fein över düt un dat un över dat Leven an sik ünnerholen.

Denn stegen wi ut, de een güng na rechts un de anner na links, un de Rott, ja, de weer woll froh, dat se all de Minschen nich mehr vun de Schuller ut sehn müss. Un keen weet, villicht hett se ja in de Warms vun de Jack vun Freeheit un den grönen Woold dröömt. Man: Dat se in ehr Leven mal so en Paradies to sehn kriggt, dor is woll nich an to denken.

Jan Graf

Mammuts achter den Willen Barg

Twee Köh mit Kalver, dree junge Deerten un en Bull. As de Lüüd in't Lager höört hebbt, dat achter den Willen Barg Mammuts sünd, do juucht se: „Mammuts, endlich Mammuts!"
Pella is jiddelig. He dörv dat eerste Maal mit op Jagd! „Du büst nu oolt noog", hett sien Vadder seggt. Fröh an'n Morgen sünd de Mannslüüd in Gang un sliept ehr Speerspitzen. Güstern Avend hebbt se danzt un den Geist vun dat Mammut ansungen. He schull Verlööf geven, dat se sik vundaag een jagen dörvt. Pella springt op un löppt hen na de Jägers. „Dor büst du Langslöper jo", lacht sien Papa. Pella kloppt dat Hart.
De Grupp deelt sik op. Mit en poor annern tosamen sliekert Pella un sien Papa in en groten Bagen üm de Mammuts rüm. Se hoolt sik ümmer gegen den Wind, so dat de rootbrunen Riesen de Minschen nich rüken köönt. De annern Mannslüüd schuult sik op en Vörsprung vun den Willen Barg. „Du bliffst bi mi!", seggt Papa,

„Wenn dat sowiet is, drievt wi de Mammuts na den Willen Barg hen, un dor staht de annern. Wi sünd de Drievers, de annern sünd de Jägers."
De Drievers gaht so liesen, as wullen se sweven. Man nu stampt se miteens op un schreet un fuchtelt mit de Speren. Pella kiekt, wat de annern maakt, un maakt mit: „Hey Hey, ho ho, eieieiei!"
Wat warrt de Mammuts maken? Pella is bang. Man de Mammuts schreckt op un loopt weg. De Drievers achteran, ümmer na den Willen Barg hen. „Hey Hey, Ho Ho!"
Mang de Jägers, de baven bi den Willen Barg op de Mammuts luern doot, is ok Rinne. Rinne is Pella sien Kuseng. Pella bewunnert em. He dörv al lang mit de Groten danzen un jagen. Pella hett vun Rinne en Mussel schenkt kregen. De hangt Pella an en Ledderband üm den Hals. De Mussel slackert düchtig hen un her. De Drievers jachtert över Stock un Steen. Pella löppt un bölkt so as de annern.
De Mammuts sünd bi den Willen Barg ankamen. Rinne un de annern springt ut ehr Schuul. All Jägers smiet ehren Speer op een vun de jungen Deerten. Dat geiht in de Knee un fallt op de Siet. De annern Deerten raast wieder un verswinnt.
De Jägers un de Drievers juucheit. Se harrn lang

vun Nööt un Beren leevt. Nu warrt se in't Lager Fleesch eten, bet de Buuk weh deit. Pella fraagt: „Worüm hebbt wi nich all de Mammuts ümleggt? Worüm blots een?“ Sien Papa grient: „Ik heff di drieven sehn. Du warrst mal en goden Jäger. Man een Saak musst du lehren: Nehm nich mehr Mammuts, as du eten kannst. De Geist vun dat Mammut schenkt uns sünst nich wedder een.“
An'n Avend is in dat Lager en Fest. Wedder danzt se. Pella steiht an de Siet un kiekt to. Dor kümmt Rinne. „Kaam, Pella“, lacht he, „kaam, danz mit uns!“ Pella danzt mit.
He höört endlich dorto.

5 Määrken

Wilhelm Wisser

De ole Mann, de wedder na School geiht

Do sünd mal en poor ole Lüüd ween. De Mann, dat is en Daglöhner ween, un de Fru hett so as Baadfru gahn. Nu hett de ole Fru mal wat in't Preester-Huus to doon hatt un steiht so in de Köök. Do kriggt de Kööksch jüst en grote Stück Fleesch ut den Ketel, recht so 'n schöne fette Fleesch.

„Ach Gott", seggt de ole Fru," kunnen wi ok doch mal so 'n schöne fette Fleesch eten!" Do kümmt den Preester sien Fru jüst rin na de Köök, de höört dat. „Ja, lütt Fru", seggt se, „Ehr Mann hett nich noog lehrt. Wenn he so veel lehrt harr as mien Mann, denn kunnen Se un Ehr Mann ok so 'n Fleesch eten." – „So", seggt se, „schull dat dor an liggen?" – „Ja, dor liggt dat an", seggt se.

As se to Huus kümmt, de ole Fru: „Du, Vadder", seggt se, „weetst wat?" – „Na, wat denn, Mudder?" – „Ja", seggt se, „unsen Preester sien Fru, de see, du harrst nich noog lehrt. Wenn du ok so veel lehrt harrst as *ehr* Mann, denn kunnen wi ok so 'n fette Fleesch eten, as se in den Ketel harrn. Un nu dücht mi, wenn du so wullst as ik, denn kunnst du noch en beten wedder na School gahn, dat du noch en beten tolehrst." – „Ja, Mudder", seggt he, „wenn du dat meenst, denn kann ik dat ja." – „Ja", seggt se, „denn will ik di morgen fröh en Fibel geven, un denn geihst du mit de Schoolkinner hen."

As he in de School kümmt den annern Morgen: „Na, mien gode Mann", seggt de Schoolmeister, „wat will He denn?" – „Ja", seggt he, „mien Fru, de meen, ik schull noch en beten wedder na School gahn, dat ik noch en beten tolehren dee." – „Ne, mien gode Mann", seggt de Schoolmeister, „dat laat He man blieven. Gah He man wedder na Huus. Dat is nu to laat."

Na, he geiht ja wedder hen na Huus mit sien Fibel. As he bi sien Fru kümmt: „Na, Vadder", seggt se, „is de School al ut?" – „Ne", seggt je, „ut is se noch nich. Aver de Schoolmeister see, ik schull man wedder hen na Huus gahn. Dat weer al to laat. Denn mutt ik morgen man en beten ehrer hengahn." – „Ja, Vadder", seggt se, „dat musst du denn ja."

Annern Morgen geiht he al een Stünn ehrer weg. As he in de School kümmt: „Na", seggt de Schoolmeister, „He kümmt ja al wedder." – „Ja", seggt he, „Se seen güstern ja, ik keem to laat. Nu bün ik vundaag al een Stünn ehrer weggahn." – „Ne, mien lütte Mann", seggt de Schoolmeister, „denn hett He mi verkehrt verstahn. Ik meen, He weer al to oolt to't Lehren." – „So", seggt he, „so schall ik dat verstahn. Na, denn helpt dat ja nich. Denn man atschüüß."

Nu geiht he en annern Weg wedder trüch, un dor finnt he ünnerwegens en groten Büdel vull Geld. As he na Huus kümmt: „Na, Vadder", seggt se, „is de School al wedder ut?" – „Ne", seggt he, „aver de Schoolmeister meen, ik weer to't Lehren al to oolt. Aver ik bün liekers goot togang kamen", seggt he. „Kiek mal, Mudder, ik heff en groten Büdel vull Geld funnen." „O, Vadder", seggt se, „dat musst du ja anmellen op dat Amt. Dat dörvt wi ja nich beholen. Aver wi kriegt dor ja sachst en beten vun af."

Na, de ole Mann ja hen to Amt. As he bi den Amtmann kümmt: „Na”, seggt de Amtmann, „wat hett He denn op ’n Harten?” – „Ja, Herr Amtmann”, seggt he, „ik wull Se man seggen, ik heff Geld funnen.” – „So?” seggt de Amtmann, „woneem hett He dat denn funnen?” – „Ja”, seggt he, „as ik ut de School keem.” – „O, mien gode Mann”, seggt de Amtmann un lacht, „dat kann He geern beholen. Dat Geld, wat do gullen hett, dat gellt nu doch nich mehr.” Do hett he sien Geld ja beholen. Un do hebbt se sik ok ja so en fette Fleesch köpen kunnt.

Linde Knoch

De dree Pött an'n Grund vun de See

Do leev eenmal en Fischermann, de föhr Dag för Dag rut op de See. He leet sien Netten in't Water un tööv vull Gedüer, man meist bröch he blots en poor Fisch na Huus. Dat weer böös knapp, wat he för sien Familie to'n Bieten rankriegen kunn. An en Avend keem he wedder mit binah nix an Fisch torüch, blots dree Stück weren in't Nett. Sien Fru hau de Fisch in de Pann, se eten in'n Stillswiegen. Denn see dat Kind: „Vadder, ik heff noch Smacht!" Mudder keek em blots an un see nix.
Do güng de Fischer nochmal an'n Strand un dach för sik: „Ach, wenn mi de See doch jichtenswat anspölen dee, wat uns Noot to Enn bringt!" As he so rümwanner, stünn dor batz en Mann blangen em, natte, pluustige Hoor, de Snuut bleek, un gluup. „Help mi!" beed he, „ik will di nix schüllig blieven!" „Un, wat willst du vun mi?" fröög de Fischer. „Kiek, düssen Ring", see de bleke Mann, „treck em över dien linken Goldfinger un jump in de See. Du kümmst denn in den Palast vun Ran.

De Meerfru warrt di fründlich willkamen heten un goot wat to'n Eten op den Disch bringen. Laat dat allens stahn un eet nix dorvun. In düssen Ruum staht dree Pött, nerrn op den Bodden, de sünd umdreiht. De in de Mitt, stööt em gau üm!"
Un denn weer de Frömde gau verswunnen, man de gollen Ring leeg in'n Sand un glinster.
De Fischer bekeek sik dat glinstern Gold un sinneer, wat he maken schull. He müss an sien hungern Fru un dat Kind denken. He nehm den Ring, steek em op den Finger un jump in de See. As he nerrn op den Grund vun't Water weer, föhl he nix dorvun, wat dat natt weer. Op en gröne Wisch weer he, de Sünn schien, un Mannslüüd meihen dat Gras. Wietaf höör he Kohklocken un dat Fleutenspeel vun de Harders. He meen, dat he de Mackers kennen dee, dat weer em so mit, as wenn he fröher op See mit de Mannslüüd to doon hatt harr. Man keeneen see wat to em.
Dennso blinker dat mit eenmal hell, un he stünn vör en Slott ut Kristall. De hogen Dören güngen vun alleen op – un en schöne Fru stünn dor un grött em. „Kumm, ik heff al lang op di töövt." Se bröch em in en Saal, groot un smuck, Talliglichten överall, de spegeln sik wedder in de Wannen ut Kristall. Dat Licht lüch op de Tafel. De weer vull

mit Eten, so lecker, as he dat sien Leevdag noch nich sehn harr. Un eten al lang nich. He harr Hunger, em lööp dat Water in'n Mund tosamen, he wull sik blots hensetten un eten.

Do seeg he de dree ümdreihten Pött. Nu dach he an de Wöör vun den wittsnutigen Mann. Foorts sprüng he hen un stött den Pott in de Mitt mit den Foot üm. He luuster, do sneer un sirs dat liesen, un en lütte Nevelspoor güng vun nerrn op na baven un weer vergahn. De Meerfru seeg dat mit ehr gröne Ogen un wull op em daal. Miteens keek se op den Ring an sien Finger un sprüng verbaast torüch. De Fischer höör wat brusen, dat buller em in de Ohren, dat güng na baven un he full in Ahnmacht.

As he wedder bi sik weer, leeg he an'n Strand un de Frömde böög sik daal över em. Sien Gesicht weer nich mehr gries un bleek, dat weer frisch, so as bi en lebennigen Seemann. „Ik segg di Dank", see he, „du hest mien Seel vun'n Grund vun de See losreten. Dat schallst du hebben, düsse Pott is mien Dank." Denn weer he weg.

De Fischer sett sik op un keek in den Pott. De weer vull bet an'n Rand mit Goldstücken. Fix weer he op den Weg na Huus hen, na sien Fru un sien Kind, un vertell allens, vun den frömden

Mann un de Seel ut den Pott, de nu free weer. Vun düsse Tiet af an güng ehr dat goot. Un an'n Enn kannst nich glöven, jümmer wenn he wat ut den Pott ruthaal, de weer jümmer wedder vull.

Hannelore Weiland

De lütte Slötel an dat blaue Band

Wiet, wiet weg, dor, wo de Welt to Enn is, leeg vör lange Tieden dat Land Gallinien. De Herrscher dor weer König Franz, en gresigen Keerl, ganz ahn Mitleed för all Lüüd, de he ünner sik harr. Lang harr he op enen Söhn luert, un as he em harr, freu he sik as dull. He geev em den Naam Christian, un dat seeg so ut, as wenn em to sien Glück nu nix mehr fehlen worr.

An sienen eersten Levensdag harr de Lütt mit eenmal en lütten Slötel an en blaue Band üm den Hals, un keeneen wüss, wo de herkeem. Sien Vadder weer füünsch un wull den Slötel op jede Oort un Wies loswarrn: de Kinnerfru müss em wegsmieten, de Goorner müss em in de Eer ingraven – söven Meter deep. He versöch em to verbrennen un in't depe Water to versupen. Man dat holp allens nix – ümmer wedder kehr de Slötel torüch un hung sik an den lütten Hals. Do geev de König op.

Mit de Tiet weer uns Prinz ranwussen, man he

harr dat Hart gegen sienen Vadder verslaten. Nu harr de König en Vagel, de snacken kunn. De müss achter den Prinzen ranflegen un allens mellen, wat he den Dag över so maak. An een Dag seeg he em in de achterste Eck vun den Goorn mit en schöne Roos snacken. Dat gefull den König nich, un an'n annern Dag weer allens afmeiht un verwööst. Vun de Rosen weer nix mehr to sehn, blots een afbraken Roos, mit en Schoh in de Eer pedd. Christian nehm ehr as en lütten kranken Vagel in de Hand un höör ehr ganz liesen snacken: „In en geheme Eck vun'n Goorn achter de Ellern steiht en Muer. Dor kann man an jeden dörteihnsten Dag en lies Rohren hören. Gah na düsse Muer hen un röög ehr mit dienen lütten Slötel an."

De Prinz küss de starven Roos un leep ielig na de Steed, de em seggt worrn weer. De dicke griese Muer weer em noch nienich opfullen. Knapp harr he ehr mit den lütten Slötel an dat blaue Band anröögt, weer en dröög Rastern to hören, denn reet se uteneen un en Door weer to sehn.

Un, o Wunner, ut dat Door keem en Deern. Op Hoor un Kleed leeg gröönlichen Schimmel, man ut ehr Ogen lüchen de Freud un dat Glück so, as wenn de helle Sünn strahl. „Ik bün Prinzessin

Christine un dank di för mien Befrien", see se. Prinz Christian ümarm un küss de Deern.
In düssen Ogenblick feeg en Storm dörch de inreten Muer. De Wind bruus in de Ellernkronen un brook dörch de Fenstern in dat Königsslott rin, dat all Dören opflogen. De König seet jüst bi't Eten. He fohr tosamen, liekenbleek.
As sien Kroon em vun'n Kopp reten worr un de Trepp daaltrünnel, renn he los un wull ehr griepen. Man dat güng nich so eenfach. Un so renn un renn he un sien narrschen Vagel achter em ran. Keen Minsch hett mehr wat vun de beiden sehn.

As Prinz Christian un Prinzessin Christine in't Slott kemen, worrn se vun all Minschen willkamen heten as dat nie'e Königspoor. „Nu is dat doch Wohrheit worrn", see de Deern, „König Franz hett man mal vörherseggt, wenn mi een küsst, worr he sien Kroon verleren, un dorüm hett he mi inmuern laten."
Siet düsse Tiet kann in alle Ecken vun dat Land Gallinien de Sünn schienen un de Wind weihen. Överall blöht Rosen un dat gifft keen Muer mehr.

Dennis Steinberg

Dat Maschinen-Malöör

Ik bün jümmers en rechten Mann ween. 2034, as ik mien Abitur kregen heff, heff ik en Utbillen to'n Mechatroniker anfungen. Mien Opgaav weer, Drohnen un Roboters to repareren. Ik heff dat ok jümmers geern daan. Man as ik fardig weer, gungen de Maschinen all bi un flicken sik sülvst. Ik bün echt keen Rassist, aver düsse Blick-Minschen hebbt uns de Arbeit weg-nahmen!

Nu leev ik op de Straat. Un wo wi en Masse Lüüd ahn Arbeit hebbt, is dat ok mit Bedeln nix. Man ik wull mi ok keen Eten klauen, sowat schall een nich doon. Dorüm heff ik anfungen, Drohnen to fangen. Dor gifft dat nich veel Geld för, aver wenn ik de ehr Budelen verkööp, föhlt sik dat an, as wenn ik Arbeit heff.

Hest du een fungen, musst du fix den GPS-Chip rutbuen, em wegsmieten un verduften. Anners kaamt de Schandarm-Drohnen, un vör de kannst du nich utbüxen. Besünners de Pakeet-Drohnen sünd wat Feins, dor kriggst du jümmers wat bavento. Männichmal is dat Kledaasch, eenmal weer dat en grote Taschenlamp un en anner Mal heff ik en Nett funnen. Dat is ok hellsch nödig, denn de Drohnen kriggst vun Johr to Johr sturer tofaat.

Ehrgüstern is dat denn malöört. En Drohn flöög mit mien Nett weg. Nu hebbt se mien Fingerafdruck! Ik bün mi seker, de Schandarm-Drohnen sünd al an't Söken, un wenn se mi kriegt, gah ik verschütt. Ik sitt in de Kniep, un ok wenn dat düer is, ik mutt de Stadt, ne, dat Land verlaten.

De eenzig Mööglichkeit an dat Geld to kamen, is en Roboter to klauen. Dat bringt en Barg Geld, aver de köönt sik ok verdeffenderen. Buten vör de Stadt gifft dat en Fabrik. De mehrsten Maschinen-Minschen sünd den helen Dag lang an't Arbeiden. Man dat gifft ok en poor, de avends na ehr Besitters na Huus gaht, tomeist Fruensmaschinen för besünner Opgaven.

Ik heff dat nipp un nau plaant, liekers bün ik opreegt. Ok wenn dat koolt is, mien Hannen sünd de ganze Tiet sweetnatt. Ik do so, as wenn ik vör'n Utgang an't Bedeln bün, ok wenn mi nüms in de Mööt kümmt. As dat denn düüster warrt,

kümmt endlich en Roboter rut. Ik gah mit en beten Afstand achter ehr ran, bet se op en lütt Straat ahn Lanteerns afbegen deit. Dor is de Schangs! Ik loop so gau as ik kann, jump in de Luft un knall ehr mien Taschenlamp op den Dassel. De Taschenlamp flutscht mi ut de Hand un scheppert op de Eer. Nu stah ik dor in't Düüstern un dat Eenzigst vun Weert, wat ik noch harr, is twei. Dorför liggt de Roboter ahn sik to rögen op de Straat. Keen harr dacht, wat dat so licht to is, dat Dings uttoschalten?
Ik grabbel in ehren Nack, versöök dat Latex-Fell aftorieten un de Klapp to finnen. Krieg ik nich fix den GPS-Chip toschannen, denn is dat ut mit mi! Man ik kaam un kaam nich dör de Huut dör. Ik heff nämlich dacht, dat is en ne'et Modell un dor sitt de Klapp woanners. Ik fummel den ganzen Lief af, ahn de Klapp to finnen. Jichenswo mutt de Fruensmaschien en Leck hebben, denn dor löppt Smeer rut un kleit mien Hannen vull. Wenn tominnst mien Taschenlamp nich tweigahn weer, denn harr ik wat sehn kunnt.
Mit eenmal is de Straat hellsch hell. En Schandarm-Drohn hett mi funnen! Ik kniep mien Ogen to un hool mien smerigen Hannen vör't Gesicht, so brennt mi de Klüsen.

As ik en Momang later mien Ogen wedder opmaak, verjaag ik mi as de Düvel in Rom. De Smeer an mien Hannen is root an't Glinstern. Dat is keen Ööl.

6 Fleeg mit mi

Johann Dietrich Bellmann

Windsinfonie

In dat Huus wahn de Wind – un he wahn dor alleen, bi apen Finstern un apen Dören; un dat weer em liek, wo he in un wo he utgüng, över't Finsterbrett oder över de Footmatt. Faken leet he sik ok dörch den Schosteen fallen, denn blaas he en Sottwulk vörto dörch de opstött Schosteenklapp blangen den Kökenheerd. Sprüng he denn achterher, eerst op den Heerd, denn op den Footbodden, keem he sik vör as de Düvel, de sien Verjaagspeel speelt.

He glööv natüürlich nich an den Düvel. He wüss ok gor nich, wat dat weer. He harr mal en Bild sehn in en Book dor baven in de Bökerdöns, dor weer en tweebeent Undeert op afmaalt mit Zegenbuckhöörns un Kohsteert un Peerfoot, un en swarte Wulk üm em to.

He harr dat Book mit den Düvel glieks, as he introcken weer, vun't Bökerbrett stött un dorin

rümblädert. Un dat dee he jümmer noch, wenn he jüst nix Beters to doon harr. Dat geev aver ümmer wat Beters to doon, dorüm wull he ok all de Böker ut‘ t Finster rutblasen un Platz maken för Vagelnesten. Dat wull em aver nich glücken, de Böker weren to swoor, de rögen sik nich, so dull he jüm ok angüng. He müss dormit leven.
Blots de Zeitungen, dat fladderig Tüüch, dat smeet he ut de Finstern in'n Goorn; aver ok dor wull he dat Bookstavenpack nich sehn, dat sik dor op witten Grund herwies, mal lütter as opbackt Flegenbeen.
Vör nix grääs he sik mehr as vör Zeitungen, de ekeln em dörch un dörch, wenn he de blots ankeek. He stött un blaas jüm so lang vör sik her, bet he de in't Water schubst harr un ünnerduukt. Mit de Tietschriften harr he't jüst so daan, wenn he jüm harr ankunnt. De legen dicht bi dicht op de Wandboorden blangen de Böker, dor kunn he nich twüschen. Op de Oort aver wiesen se dat Bookstavengesocks nich her, un so lang se dat nich deen, wull he't woll mit jüm utholen.
De Vagels kunnen ok so op de Bökerregalen jüm ehr Nesten buen. Se deen dat man nich, se buen lever ünner't Huusdack un in de Wien- un Rosenbüsch, de sik üm't Huus to rangen. Swulken

un Drusseln nestern dor, Mesen un Bookfinken un Flegensnappers. Aver rinflegen in de Bökerdöns deen se mitünner doch, faken noog 'n half Dutz togliek.
In de Blääd weer he schier vernarrt, de kunn he strakeln un wuscheln an'n Boom un op de Eer. An'n Boom kunn he jüm to'n Risseln un Russeln bringen, dat de Twiegen mitsüngen un de Boom vull Musik weer. Un vun de Eer kunn he jüm hoochpuusten un vör sik her in sien Huus weihen.

Heike Fedderke

De Aadler in'n Höhnerstall

Do leev mal en Buer, de funn op dat Feld en jungen Aadler, de harr en lahmen Flünk. De Buer nehm den Aadler mit op den Hoff un sparr em in sien Höhnerstall bi de annern Höhner. De Aadler füng an, na de Köörns to picken, Water to drinken un in de Eer to kleien. De Buer weer tofreden, he harr jo nu een Hehn mehr.
Do keem en Vagelkundler vörbi, de seeg den Aadler bi de Höhner. Grantig fröög he den Buern, wo he woll den Aadler in den Höhnerstall sparren kunn. „En Aadler mutt flegen, he bruukt sien Freeheit!“ De Buer wink af. „Dat is en Vagel, so as de Höhner ok. Kiek doch, wo he dat Koorn oppicken un in de Eer kleien deit. De will gor nich flegen, un en Bangbüx is he ok“, schüddkopp de Buer.
„Wenn ik di wiesen do, dat de Aadler flegen kann“, see de Vagelkundler, „warrst du em denn sien Freeheit trüchgeven?“ „Na kloor“, grien de Buer, „versöök dat! Aver glööv mi man, he warrt nich flegen.“

De Vagelkundler sett den Aadler op sien utstreckte Hand un see to em: „Fleeg, Aadler, fleeg in dien Freeheit!“ De Aadler aver hüpp to Bodden un güng trüch in den Höhnerstall, wo he glieks wedder anfüng to kleien. Luuthals lach de Buer: „Glöövst du mi nu?“

De Vagelkundler verstünn de Welt nich mehr un wull afsluuts noch en Versöök maken. De Buer see „Ja“ dorto. Dütmal steeg de Vagelkundler mit den Aadler op dat Huusdack un snack em goot to: „Fleeg, Aadler, fleeg in dien Freeheit!“ De Aadler aver hüpp op dat Dack un güng sinnig trüch na‘n Höhnerstall. „Nu warrst du dat woll begrepen hebben“, lach de Buer.

„Eenmal much ik dat noch versöken“, meen de Vagelkundler trurig. „Un wenn dat wedder nich klappen deit, denn schall de Aadler vun mi ut een vun dien Höhner ween.“ De Buer leet den sünnerboren Keerl maken.

An’n annern Dag, fröh an'n Morgen, güng de Vagelkundler mit den Aadler op en hogen Barg, sett sik mit em op de böverste Spitz un tööv, bet an de Kimm glöhnig root de Sünn opgahn dee.

He böör den Aadler in de Hööchd, lüch em den Kopp en beten an, na de Sünn to, un fluuster: „Fleeg, Aadler, fleeg in dien Freeheit! Fleeg dor hen, wo du ween wullt! Besinn di doch, wokeen du büst!“

Mit eenmal keem en frische Bries op, un in düssen Ogenblick spegel sik dat Licht in den jungen Aadler sien Ogen. Mit all sien Kraasch spann he breet un gewaltig sien Swingen ut. Stolt as en König seil he hooch an'n Heven, un sien Schree weer to hören över dat ganze Land. Endlich harr he sik besunnen, dat he en Aadler weer, de jümmer en Aadler ween is un jümmer een blieven warrt, egal, wo lang dat ganz anners utsehn hett mit em.

Antoine de Saint-Exupéry

De veerte Planet

De veerte Planet hett en Koopmann tohöört. Düsse Mann harr so en Barg in de Maak, he keek nich mal na baven, as de lütte Prinz bi em rinkeek.

„Goden Dag“, see de lütte Prinz to em, „jüm Zigarett is ut.“

„Dree un twee maakt fief. Fief un söven maakt twölf. Twölf un dree föffteihn. Goden Dag. Föffteihn un söven tweeuntwintig. Tweeuntwintig un söss achtuntwintig. Keen Tiet, ehr wedder antoböten. Sössuntwintig un fief eenundörtig. Mann-oh-Mann! Dat maakt nu fiefhunnertuneen Milljonen sösshunnerttweeun-twintigdusend sövenhunnerteenundörtig.“

„Fiefhunnert Milljonen vun wat?“

„Hä? Büst du noch jümmer dor? Fiefhunnertuneen Milljonen vun ... weet ik nich mehr ... Ik heff so en Barg Arbeit! Ik bün en eernsthaftigen Minschen, wat mi angeiht, ik geev mi nich mit Kinnerkraam af! Twee un fief is söven ...!“

„Fiefhunnertuneen Milljonen vun wat?“ fröög de lütte Prinz dat anner Mal, un he harr sien Leevdag noch nienich en Fraag wedder torüchtrocken, harr he ehr eerstmal stellt.
De Koopmann keek na baven.
„Ik leev nu al siet veerunföfftig Johr op düssen Planeten hier, un in düsse Tiet hebbt se mi blots dreemal belämmert. Dat eerste Mal liggt al tweeuntwintig Johr torüch. Dat hett en Maisebber daan. De is vun wat weet ik daalfullen. De hett en gräsigen Larm maakt. Un ik heff veer Fehlers maakt bi't Tohoopreknen. Dat anner Mal ölven Johr torüch. Do kreeg ik düchtig dat Rieten. Wat mi fehlen deit, dat is en beten in de Gangen kamen. Ik heff keen Tiet för't Rumvagabonderen. Ik bün en eernsthaftigen Minschen, wat mi angeiht. Dat drütte Mal ... dat is nu! Wat heff ik seggt? Kloor: fiefhunnertuneen Milljonen ...“
„Milljonen vun wat?“
De Koopmann mark, dat gifft hier keen Freden:
„Milljonen vun düsse lütten Dinger dor, de een af un an mal an'n Heven to sehn kriggt.“
„Flegen?“
„Ne doch, düsse lütten Dinger dor, düsse blinkern.“

„Immen?“

„Ne doch. Düsse lütten güllen Dinger dor, de all de Fuuljacks drömen maakt. Man ik bün en eernsthaftigen Minschen, wat mi angeiht! Ik heff keen Tiet to’n Drömen.“

„Ah! Steerns?“

„Mag angahn. Steerns.“

„Un wat fangst du an mit fiefhunnert Milljonen Steerns?“

„Fiefhunnert Milljonen sösshunnerttweeuntwintigdusend sövenhunnerteenundörtig. Ik bün eernsthaftig, wat mi angeiht, ik bün püttjerig.

„Un wat fangst du an mit düsse Steerns?“

„Wat ik dor anfang mit?“

„Ja.“

„Gor nix. De höört mi to.“

„De Steerns höört di to?“

„Ja.“

„Man ik heff mal en König beleevt, de ...“

„De Königen höört gor nix to. De ‚regeert‘ över. Dat is heel wat anners.“

„Un wat suert dor för di bi rut, wenn di de Steerns tohören doot?”

„Dor suert för mi bi rut: Ik bün riek.“

„Un wat suert dor nu för di bi rut, dat du riek büst?“

„Anner Steerns köpen, wenn jichtenseen jüm wies warrt.“

…

„Wo kann dat angahn, dat een Steerns hebben deit?“

„Keen höört de to?“ geev de Koopmann gnurren torüch.

„Weet ik nich. Nüms.“

„Denn sünd dat mien. Ik bün dor as eerst op kamen.“

„Un dat langt?“

„Kloor langt dat. Wenn du en Diamant finnen deist, un de höört nüms to, denn is dat dien. Wenn du as eerst wat rutfinnen deist, denn lettst di dor en Patent op geven. Dat höört di denn to. Un wat mi angeiht, mi höört de Steerns to, dorüm dat noch keen anner dor an dacht hett: De höört em to.“

„Dat is ok wohr“, see de lütte Prinz. „Un wat fangst du dor nu mit an?”

„Ik pass op ehr op. Ik tell ehr af, een un anner Mal”, see de Koopmann. „Dat is en stuur Bahntje. Man ik bün en eernsthaftigen Minschen.”

Man de lütte Prinz weer dat noch nich tofreden.

„Wat mi angeiht, stell di vör: Mi höört en Halsdook to, dat kann ik mi denn üm den Hals wickeln un mitnehmen. Wat mi angeiht: Mi höört en Bloom to. De kriggt all de Daag Water. Mi höört dree Vulkanen to. De warrt vun mi feegt eenmal de Week. Dat is goot för mien Vulkanen un ok goot för mien Bloom, dat se mi tohören doot. Man du büst för dien Steerns to nix wat goot."

De Koopmann maak dat Muul op, man he wüss nich, wat he dor to seggen schull, un de lütte Prinz neih ut.

„De groten Lüüd sünd doch heel un deel snaaksch", hett he sik eenfach bi sik sülven seggt, as he wedder op Tour weer.

Marcus Buck

De rode Punkt

Dag 210. Simon kickt ut dat Finster. Düüsternis un en roden Punkt, de nix utseggt. Un doch bevert em dat Hart bi düssen Anblick. Du kannst em wohrhaftig sehn, düssen roden Punkt! So lange Tiet weer dat allens blots Wetenschop, blots op Biller, blots en Verspreken, blots en Maal, dat unendlich wiet weg weer. Un nu is dat: en roden Punkt. Een, de bilütten grötter warrt. Noch is dat kuum to marken, aver al bald fangt dat an, dat du em tokieken kannst bi't Grötterwarrn. Un denn – denn füllt he allens ut. Vun Kimm to Kimm. En Kimm! 210 Daag hett Simon keen Kimm mehr sehn!

Simon warrt ganz beverig tomoot. He dreiht sien Gesicht vun dat Finster weg un drückt den Knoop för de Finsterluuk. Sachten schüfft sik de Luuk to. Simon hett Tranen in de Ogen. He kickt sik üm – de smalle Pritsch, op de he nachts slapen hett. En Schapp mit Kledaasch un in dat Schapp en Kist mit persönlich Saken. De ganze Kist kannst mit twee Hannen dregen. Blangen sien Pritsch dat Bild vun sien Familie, de torüchbleven is. He is opbraken. Wagen un winnen! Un nu is dat sowiet, dat se dor ankaamt.

Söven Maand, in de he op en Loopband lopen is, Böker över Bueree, Chemie, Computeree un Technik leest hett, in de he Daagböker schreven hett un jeden Avend en Social Meet-up.

Ut de Luutsprekers kaamt nu all poor Minuten Narichten, wo lang dat noch duern schall, bet de Bremsdrievwarken anspringt.

Simon simmeleert. He freut sik dor op, wenn dat so wiet is, dat se op fasten Grund ankaamt. Ünnen hebbt de automatschen Tunnelbohrers al en Statschoon anleggt. Vör twee Johr sünd se vörutschickt worrn un hebbt allens vörbereidt. Un wenn dat Schipp in de Ümloopbahn inswenkt, denn blaast sik ok de grote Kuppel op. Denn is Sluss mit dat Leven op dree Quadratmeter! Denn kannst wedder lopen un springen un danzen! Na, dat mit Springen laat wi langsam angahn. Bi achtundörtig Perzent Eerd-Swoorkraft. Aver tominnst: echte Swoorkraft!

Dor luert veel Arbeit in de Statschoon. Planten mööt insett warrn. Labors mööt inricht warrn. De

Maschinen mööt lopen. In twee Johr kummt de neegste Mission un de neegste Swung Lüüd.
Swoor fullen is em de Reis. He weer sik so seker ween, dat he düsse Schangs wull! Un denn weren se noch keen Week ünnerwegens, do is sien Oma dootbleven. Un he weer in düsse lütte Kunservendoos fungen, de in't Vakuum dör en Meer ut Röntgen- un Gammastrahlen dörneiht. Op en Mission, wo dat keen Torüch gifft.
Dorüm harr he in de verleden söven Maanden veel an sien Kinnertiet dacht. Tieden, in de he op'n Trecker blangen sien Vadder seten harr un dör noorddüütsche Feller suust weer. In de dat Ruumschipp noch ut Papp weer. Allens hett he achter sik laten, üm to de eersten to hören. Nix dorvun süht he wedder. Nich mal eenfach so telefoneren geiht. In de goden Tieden all twee Johr bruukt dien Naricht dree Minuten hen un dat Antern ok wedder dree Minuten trüch. In de slechteren Tieden töövst du en Dreeviddelstünn.
Ut de Luutsprekers kummt dat Signaal. De Rotatschoon vun dat Modul stoppt. Simon sweevt ut de Kabien rut un sett sik in'n Bremssitt. De Countdown löppt! Dat Bremsmanöver fangt an.

Simon sien Kopp is leddig un togliek vull mit Gedanken.
Wi sünd de eersten Minschen op den Mars. Wi mööt düssen Planeet goot behanneln!

En poor Vokabeln

A
afgünstig = neidisch
afmaracht = erschöpft
al = schon
annerletzt = kürzlich, neulich
antern = Antworten

B
Bahntje = Posten
bargdaal = bergab
baven = oben
blangen = neben
biestern = umherirren
bilütten = allmählich
blangen = neben
bleek = bleich
blied = froh
bören = heben
böverste = oberste
Bottervagel = Schmetterling
Budeel, Budelen = Bauteil, Bauteile

D
daal = herunter
dörneihen = hindurchrasen
driest = dreist
Dwarg = Zwerg

E
elkeen = jede/r
Eller = Erle

F
Flünk = Flügel
foorts = sofort

G
gau = schnell
glöhnig = glühend
glupen = starren
Grappen = Einfälle, Ideen
Grekenland = Griechenland
gresig = grässlich
grienen = grinsen

H
heel = ganz
hellsch = höllisch
högen = sich freuen
Huuv = Haube

J
janken = ächzen, stöhnen

jichtenswat = irgendetwas
jumpen = springen

K
Karktoorn = Kirchturm
keeneen = niemand
Ketel = Kessel
Kimm = Horizont
Klöter = Mund, Maul
Klüsen = Augen
Klüten = Klumpen
Knaken = Knochen
Kööksch = Köchin
Kraasch = Mut, Kraft
Küll = Kälte

L
leddig = leer
Leges = Schlimmes
licken = lecken
Liefreem = Gürtel, Leibriemen
liekenbleek = leichenblass
lierlütt = klitzeklein
Löög = Lüge
lurig = lauernd, misstrauisch

M
Maal = Ziel
männichmal = manchmal
Maisebber = Maikäfer
malören = passieren
mang = zwischen
mehrstens = meistens
minnachtig – abfällig, geringschätzig
möten = aufhalten, entgegentreten

N
narrsch = närrisch
Navers = Nachbarn
neeschierig = neugierig
nickköppen = mit dem Kopf nicken
nömen = nennen

O
of = ob
Oolsch = Alte
orrig = tüchtig

P
piel = steil
plieren = blinzeln
plötern = kleckern
Plietschfon = Smartphone
Postbüdel = Postbote
pruuschen = niesen, prusten
püttjerig = pedantisch
Püttjerkurs = Töpferkurs

R
Rastern = Rascheln
Rötern = Rattern
Rohren = Heulen
Rott = Ratte
roven = rauben

S
sachten = langsam, vorsichtig

sachts = wahrscheinlich, vermutlich
Schören = Scherben
schüddkoppen = mit dem Kopf schütteln
Schullen = Schulden
Schuul = Schutz, Versteck
Sellschop = Gesellschaft
sinnig = langsam
snückern = schluchzen
Spijöök = Jux, Spaß
sprüttenduun = stark betrunken
staatsch = stattlich
Stoot = Weile
suutje = gemächlich, behutsam
swiestern = flüstern
swögen = schwärmen

T

Tähn, Tähnen = Zahn, Zähne
Talliglicht = Kerze, Talglicht
tamm = zahm
töven = warten
tohööcht = in die Höhe
tohoop = zusammen
twei = entzwei, kaputt

U

unvermodens = plötzlich

V

verdwars = verquer
verfeert = erschrocken
verleden = vergangenen
Verlööf = Erlaubnis
verlüchten = erleuchten
verslaten = verschlossen
vertöörnt = erzürnt
vundaag = heute

W

Wapendeert = Wappentier
Weertschop = Wirtschaft
wiss = sicher, gewiss
wohrschuen = warnen
woneem = wo

Wo kümmt wat her

Bellmann, Johann Dietrich: *Windsinfonie (Anfang).*
Ut: Bellmann: Windsinfonie. Plaggenhauer 2008.

Bohlmann, Sabine: *Mien lustige Familie.*
Ut: Bohlmann: Adele möchte die Welt umarmen (Auszug). Översett vun Jan Graf. Loewe Verlag GmbH, Bindlach 2019.

Buck, Marcus: *De rode Punkt.*
Ut: Vertell doch mal! Löppt?! 2017. Rechte beim Norddeutschen Rundfunk.

Bull, Reimer: *Friederike un ik.*
Ut: Bull: Över'n Weg lopen. Geschichten ut de Lüttstadt. Quickborn-Verlag 1988.

Bullerdiek, Bolko: *Fan-Gesäng.*
Ut: Schölers leest Platt. 8.-10. Schuljahr. 2013-2014.

Clausen, Heidrun: *Höhnermist.*
Ut: Över uns un anner Lüüd. Hrsg. v. Schleswig-Holst. Heimatbund. Quickborn-Verlag 2020.

***Dammann, Carsten**: Personen in't Gleisbett.*
Ut: Schölers leest Platt. 2019-2020. Schuljahr 8-10.

***Ehlers, Marianne**: Groot – mit dubbelt O.*
Rechte bei der Autorin.

***Fedderke, Heike**: De Aadler in'n Höhnerstall.*
Ut: Schölers leest Platt. 2021-2022. Schuljahr 5-7.

***Fokuhl, Brigitte**: Kloni – en Alpdroom.*
Rechte bei der Autorin.

***Gauert, Heiko**: En Drüppen Bloot.*
Rechte beim Autor.

***Graf, Jan**: Mammuts achter den Willen Barg.*
Rechte beim Autor.

***Hannig, Heinke**: Achmed.*
Ut: Hannig, Wullmüüs in de Buuknabel. Mohland Verlag 2000. Rechte bei der Autorin.

***Knoch, Linde**: De dree Pött op den Grund vun de See.*
Översett vun Marianne Ehlers.
Manuskript to: Meermärken. En Billerbook för de Ohren. Willegoos 2011.

***Kolbeck, Hans-Heinrich**: Tiger, Lööv un Mistkäver.*
Ut: Schölers leest Platt. 2013/2014. Schuljahr 5-7.

Küter, Gisela*: De Punker un sien Rott.*
Ut: Platt för Land un Lüüd. Husum Druck 1999. Rechte bei der Autorin.

Nehlsen, Karen*: En Wekenenn bi Papa.*
Rechte bei der Autorin.

Saint-Exypéry, Antoine de*: De veerte Planet.*
Ut: Saint-Exypéry, De lütte Prinz. Kap. XIII. Plattdüütsch. Översett vun Arnd Immo Richter. Naumann Verlag, Oberhachingen 2000.

Sonne, A.*: Sneewittchen un de söven Öllern.*
Ut: Vertell doch mal. Öllern. 2012. Rechte beim Norddeutschen Rundfunk.

Steinberg, Dennis*: Dat Maschinen-Malöör.*
Ut: Vertell doch mal. Op de Straat. 2015. Rechte beim Norddeutschen Rundfunk.

Walden, Sophia*: Kostas.*
Rechte bei der Autorin.

Weiland, Hannelore*: De lütte Slötel an dat blaue Band.*
Ut: Vertell doch mal – wat för de Kinner. 2011. Rechte beim Norddeutschen Rundfunk.

Wilkens, Hans*: De Graue Esel.*
Ut: Över uns un anner Lüüd. Hrsg. v. Schleswig-Holst. Heimatbund. Quickborn-Verlag 2020.

Wisser, Wilhelm: *De ole Mann, de wedder na School geiht.*
Ut: Wisser, Plattdeutsche Volksmärchen. Bd 2. Verlag der Fehrs-Gilde 1961.

Över de Schrieverslüüd

***Johann Dietrich Bellmann**, 1930-2006, Theologe, plattdeutscher Autor unterschiedlicher Formen, lebte in Nindorf.*

***Sabine Bohlmann**, geb. 1969, Schauspielerin, Synchronsprecherin und Kinderbuchautorin, lebt in München.*

***Marcus Buck**, geb. 1993, plattdeutscher Autor und Webaktivist, lebt in Hamburg.*

***Reimer Bull**, 1933-2012, war Professor für Niederdeutsch an der PH in Kiel, Autor vieler plattdeutscher Bücher, lebte in Langwedel.*

***Bolko Bullerdiek**, geb. 1939, pensionierter Lehrer, früher in der Lehrerfortbildung tätig, plattdeutscher Autor, lebt in Hamburg.*

***Heidrun Clausen**, geb. 1934, früher Altenpflegerin, lernte das Schreiben in plattdeutschen Schreibwerkstätten, lebt in Satrup.*

***Carsten Dammann**, geb. 1968, schreibt plattdeutsche Kurzgeschichten und Lyrik, lebt in Uelzen.*

***Marianne Ehlers**, geb. 1953, Dipl. Bibliothekarin, schreibt plattdeutsche Kurzgeschichten und Lyrik, lebt in Welt.*

***Heike Fedderke**, geb. 1947, früher Schulsekretärin, plattdeutsche Autorin, lebt in Heikendorf.*

***Brigitte Fokuhl**, geb. 1940, früher Sachbearbeiterin, schreibt plattdeutsche Kurzgeschichten und Gedichte, lebt in Lübeck.*

***Heiko Gauert**, geb. 1949, früher Realschulrektor, schreibt plattdeutsche Kurzgeschichten, Radio- und Zeitungsbeiträge, lebt in Vogelsang-Grünholz/Damp.*

***Jan Graf**, geb. 1973, Referent für Niederdeutsch und Friesisch beim SHHB, schreibt plattdeutsche Kolumnen und Lieder, lebt in Passade.*

***Heinke Hannig**, geb. 1957, ehemals Realschullehrerin, plattdeutsche Autorin, lebt in Drelsdorf.*

***Linde Knoch**, geb. 1940, Märchenerzählerin und Autorin, lebt in Westerland auf Sylt.*

***Hans-Heinrich Kolbeck**, 1929-2010, früher in der Lehrerfortbildung tätig, Herausgeber und Autor von theoretischen Schriften, von Unterrichtsmaterialien und plattdeutschen Erzählungen, lebte in Ekenis.*

***Gisela Küter**, geb. 1929, früher selbständige Geschäftsfrau, schreibt plattdeutsche Geschichten und Gedichte, lebt in Klinkrade.*

***Karen Nehlsen**, geb. 1968, Dipl.-Handelslehrerin, Referentin für Regional- und Minderheitensprachen beim Land Schleswig-Holstein, lebt in Kiel und Leck.*

Antoine de Saint-Exypéry, *1900 (Lyon)-1944 (abgestürzt nahe Marseille), französischer Schriftsteller und Pilot.*

A.Sonne *(Pseud.), geb. 1959, Vertell-doch-mal-Autorin, lebt in Neudorf.*

Dennis Steinberg, *geb. 1994, Biologe, Vertell-doch-mal-Autor.*

Sophia Walden *(Pseud.), Autorin hochdeutscher und plattdeutscher Kurzgeschichten.*

Hannelore Weiland, *geb. 1947, pensionierte Lehrerin, lebt in Gallin-Kuppentin im Landkreis Ludwigslust.*

Hans Wilkens, *geb. 1940, schreibt plattdeutsche Texte für Theater für Kinder und Kurzgeschichten, lebt in Bredstedt.*

Wilhelm Wisser, *geb. 1843-1935, war Gymnasialprofessor, Märchen- und Mundartforscher, sammelte plattdeutsche Märchen.*